AF547719

GRöLS
Verlage

„Bücher sind wie Fallschirme. Sie nützen uns nichts, wenn wir sie nicht öffnen."

Gröls Verlag

Redaktionelle Hinweise und Impressum

Das vorliegende Werk wurde zugunsten der Authentizität sehr zurückhaltend bearbeitet. So wurden etwa ursprüngliche Rechtschreibfehler regelmäßig *nicht* behoben, denn kleine Unvollkommenheiten machen das Buch – wie im Übrigen den Menschen – erst authentisch. Mitunter wurden jedoch zum Beispiel Absätze behutsam neu getrennt, um den Lesefluss zu erleichtern.

Um die Texte zu rekonstruieren, werden antiquarische Bücher von Lesegeräten gescannt und dann durch eine Software lesbar gemacht. Der so entstandene Text wird von Menschen gegengelesen und korrigiert – hierbei treten auch Fehler auf. Wenn Sie ebenfalls antiquarische Texte einreichen möchten, finden Sie weitere Informationen auf www.groels.de

Viel Freude bei der Lektüre wünscht Ihnen das Team des Gröls-Verlags.

Adressen

Verleger: Hermann-Josef Gröls,

Im Borngrund 26, 61440 Oberursel

Externer Dienstleister für Distribution & Herstellung:

BoD, In de Tarpen 42, 22848 Norderstedt

Unsere „Edition | Werke der Weltliteratur“ hat den Anspruch, eine der größten und vollständigsten Sammlungen klassischer Literatur in deutscher Sprache zu werden. Nach und nach versammeln wir hier nicht nur die „üblichen Verdächtigen“ von Goethe bis Schiller, sondern auch Kleinode der vergangenen Jahrhunderte, die – zu Unrecht – drohen, in Vergessenheit zu geraten. Wir kultivieren und kuratieren damit einen der wertvollsten Bereiche der abendländischen Kultur. Kleine Auswahl:

Francis Bacon • Neues Organon • **Balzac** • Glanz und Elend der Kurtisanen • **Joachim H. Campe** • Robinson der Jüngere • **Dante Alighieri** • Die Göttliche Komödie • **Daniel Defoe** • Robinson Crusoe • **Charles Dickens** • Oliver Twist • **Denis Diderot** • Jacques der Fatalist • **Fjodor Dostojewski** • Schuld und Sühne • **Arthur Conan Doyle** • Der Hund von Baskerville • **Marie von Ebner-Eschenbach** • Das Gemeindekind • **Elisabeth von Österreich** • Das Poetische Tagebuch • **Friedrich Engels** • Die Lage der arbeitenden Klasse • **Ludwig Feuerbach** • Das Wesen des Christentums • **Johann G. Fichte** • Reden an die deutsche Nation • **Fitzgerald** • Zärtlich ist die Nacht • **Flaubert** • Madame Bovary • **Gorch Fock** • Seefahrt ist not! • **Theodor Fontane** • Effi Briest • **Robert Musil** • Über die Dummheit • **Edgar Wallace** • Der Frosch mit der Maske • **Jakob Wassermann** • Der Fall Maurizius • **Oscar Wilde** • Das Bildnis des Dorian Grey • **Émile Zola** • Germinal • **Stefan Zweig** • Schachnovelle • **Hugo von Hofmannsthal** • Der Tor und der Tod • **Anton Tschechow** • Ein Heiratsantrag • **Arthur Schnitzler** • Reigen • **Friedrich Schiller** • Kabale und Liebe • **Nicolo Machiavelli** • Der Fürst • **Gotthold E. Lessing** • Nathan der Weise • **Augustinus** • Die Bekenntnisse des heiligen Augustinus • **Marcus Aurelius** • Selbstbetrachtungen • **Charles Baudelaire** • Die Blumen des Bösen • **Harriett Stowe** • Onkel Toms Hütte • **Walter Benjamin** • Deutsche Menschen • **Hugo Bettauer** • Die Stadt ohne Juden • **Lewis Caroll** • *und viele mehr….*

Inhalt

Der Pfadfinder

oder

Das Binnenmeer

James Fenimore Cooper

Übertragen von Friedrich Meister

Die Begegnung im Urwalde

Inmitten des amerikanischen Urwaldes, hoch oben auf einem Haufen entwurzelter Waldriesen, die einer der in jenen Gegenden nicht seltenen Wirbelstürme aus dem Erdreich gerissen und dann in wildem Durcheinander bis zur Höhe von etwa dreißig Fuß emporgetürmt hatte, standen vier Menschen, bemüht, das sie rings umgebende und scheinbar endlose Blättermeer zu überschauen.

Zwei dieser vier Waldwanderer, ein Mann und eine Frau, gehörten der Rasse an, die alles amerikanische Land ursprünglich beherrscht hatte; sie waren Indianer vom Stamme der Tuskaroras. Dem dritten, einem Europäer, sah man auf den ersten Blick an, daß er ein Seemann war und den größten Teil seiner bereits recht zahlreichen Lebensjahre auf dem Ocean zugebracht hatte; seine Begleiterin, ein junges Mädchen von großer Schönheit, mochte einer Gesellschaftsklasse angehören, die von der seinigen nicht sehr verschieden war, ihrem Äußern und ganzen

Wesen nach zu urteilen aber hätte sie auch den vornehmsten Kreisen zur Zierde gereicht.

Einer der Bäume lag mit seinem dicht verflochtenen und noch Rasen und Erde enthaltenden Wurzelende nach oben und gewährte so den vier Wanderern den bequemsten Standort.

„Onkel," begann das Mädchen, das sich leicht auf den Arm ihres Gefährten lehnte, nach einem langen und entzückten Rundblick über das prächtige Landschaftsbild, „schau, das giebt dem Ocean, den du so lieb hast, gewiß nichts nach!"

„Da sieht man wieder, was so ein Mädel vom Ocean versteht," erwiderte der alte Seefahrer achselzuckend. „Nur ein Kind konnte auf den Gedanken kommen, diese Handvoll Blätter mit dem Weltmeer zu vergleichen. Nein, Magnet" – eine Bezeichnung, die er seiner Nichte wegen ihres anziehenden Äußern verliehen hatte – „nein, Magnet, dieser ganze Wald reichte höchstens hin zu einem Sträußchen für Neptuns Knopfloch."

„Du übertreibst wohl ein wenig, Onkel," lächelte das Mädchen. „Sieh nur, meilenweit nichts als Bäume; überall Laub, und nichts als Laub, bis an den Horizont. Was bietet der Ocean mehr?"

„Das fragst du noch, Magnet?" versetzte der Seemann beinahe unwillig. „Wo ist hier das blaue Wasser? Wo sind hier die lang rollenden, schäumenden, brechenden Wogen? Wo die Wasserhosen und die Walfische? Wo die unaufhörliche, ewige Bewegung in diesem bischen Wald?"

„Schon recht, aber, mein lieber Onkel, wo sind die Baumwipfel, wo das erhabene Schweigen, wo die duftigen Blätter und das herrliche Grün auf deinem Ocean? Höre nur, dieses geheimnisvolle Rauschen ist das Atmen der Laubkronen."

„Da wollt' ich nur, du hörtest mal einen Nordwester atmen, der schnauft ganz anders! Ja, wo sind hier die Stürme, die Orkane, die Passatwinde, die Levanter und wie sie sonst noch heißen, he? Und was für Fische schwimmen da unter dieser zahmen Oberfläche?"

„Daß es hier an Stürmen nicht fehlt, dafür zeugt diese Masse entwurzelter Bäume, auf der wir stehen, und auch Tiere giebt es genug unter diesem Blätterdach, wenn vielleicht auch keine Fische."

„Das weiß ich nicht," versetzte der Onkel hartnäckig. „Als wir die Reise antraten, da schwatzte man uns allerlei vor von wilden Tieren, die wir antreffen würden; noch aber habe ich keins gesehen und ich glaube auch nicht, daß selbst die schlimmste eurer Landbestien sich mit einem Hai aus den Tropen vergleichen kann."

Das Mädchen, dessen Interesse mehr der schönen Landschaft als den Reden des Onkels zugewendet war, blickte jetzt aufmerksam nach einer bestimmten Richtung. „Dort drüben sehe ich einen Rauch aufsteigen!" rief sie. „Kann er aus einem Hause kommen?"

„Nach Menschen sieht er jedenfalls aus," versetzte der Seemann. „Ich muß ihn unserm Führer, dem Pfeilspitze, zeigen, damit der nicht an einem Hafen vorbeisegelt, ohne es zu wissen. Denn wo es raucht, da findet sich wahrscheinlich auch eine Kombüse."

Bei diesen Worten streckte er die Hand aus, berührte den nicht weit von ihm stehenden Indianer an der Schulter und wies ihm die dünne Rauchsäule, die sich, etwa eine englische Meile entfernt, aus der Blätterwildnis emporkräuselte und in der blauen Luft oberhalb derselben verlor.

Der Tuskarora, eine jener stolzen, wilden Häuptlingsgestalten, von denen der junge Leser in den vorhergehenden Erzählungen bereits einige kennen gelernt hat, erhob sich auf die Fußspitzen und lugte über den Wald hin.

„Ich denke, wir haben da Oneidas oder Tuskaroras vor uns, Pfeilspitze," sagte Cap – dies war der Name des Seemanns – zu seinem indianischen Gefährten. „Vielleicht finden wir für die Nacht ein Unterkommen in ihren Wigwams."

„Kein Wigwam da," entgegnete Pfeilspitze ruhig. „Zuviel Baum."

„Indianer müssen's aber sein," beharrte Cap. „Vielleicht einige von euren alten Schiffsmaaten, Meister Pfeilspitze."

„Nicht Tuskarora, nicht Oneida, nicht Mohawk – Bleichgesicht-Feuer," antwortete der Indianer.

„Wie kann er das wissen, Onkel?" rief das junge Mädchen ganz erstaunt. „Dem Rauch ist doch nicht anzusehen, wer das Feuer anzündete."

„Noch vor zehn Tagen hätte ich ebenso gesprochen, jetzt aber denke ich anders, Magnet. Sagt mir doch, Meister Pfeilspitze, warum meint Ihr, jenes Feuer sei von Bleichgesichtern und nicht von Rothäuten angemacht?"

„Nasses Holz," entgegnete der Krieger. „Viel naß, viel Rauch; viel Wasser, schwarzer Rauch."

„Bitte um Entschuldigung, Meister Pfeilspitze, aber da ist weder viel Rauch, noch ist der Rauch schwarz."

„Zuviel Wasser," wiederholte der Tuskarora gleichmütig. „Rothaut zu klug, machen nicht Feuer mit Wasser. Bleichgesicht zuviel Buch, brennt alles; viel Buch, wenig Wissen."

„Das läßt sich hören," nickte Cap, der einen Abscheu vor jeglicher Gelehrsamkeit hatte. „Aber laßt uns nun auch wissen, wie weit wir noch von dem Teich entfernt sind, den Ihr den Großen See nennt und den zu erreichen wir uns schon so viele Tage hier im Walde abquälen."

Der Tuskarora sah den Seefahrer mit ruhiger Überlegenheit an; dann streckte er den Arm aus.

„Sieh," sagte er, zum Horizont deutend, „Ontario!"

Cap blickte nach der angegebenen Richtung, dann zuckte er die Achseln. „Ich sehe nichts," brummte er. „Ganz wie ich mir dachte. Na, hoffentlich finden wir auf der Pfütze Raum genug für unser Kanoe. Wenn Ihr jedoch meint, daß sich Weiße in der Nähe befinden, dann wäre es mir lieb, wenn wir dieselben aufsuchten."

Der Tuskarora neigte zustimmend den Kopf und die Gesellschaft kletterte von dem gewaltigen Holzhaufen herab, den man erstiegen hatte, um sich über die Gegend zu orientieren. Pfeilspitze schlug vor, allein auf Kundschaft auszugehen; inzwischen sollten sein Weib und die beiden Bleichgesichter zu dem Kanoe zurückkehren, in welchem man bisher die Reise auf dem den Urwald durchschneidenden Flusse zurückgelegt hatte. Damit waren jedoch weder Onkel Cap, noch Mabel Dunham, seine Nichte, einverstanden; beide wollten den Indianer zu dem Feuer der Unbekannten begleiten, und so mußte sich schließlich die braune Gattin des Tuskaroras, deren Name Junitau war, allein auf den Weg zum Kanoe machen.

Von dem dunkelhäutigen Sohne des Waldes geführt, strebten unsere Abenteurer nunmehr durch die üppige Vegetation und das oft beinahe undurchdringliche Unterholz in der Richtung des Feuers vorwärts; je näher man der Stelle kam, desto leichter und unhörbarer wurde der Tritt des voraneilenden Indianers und desto sorgfältiger suchte derselbe sich durch die Stämme der Bäume zu decken. Endlich blieb er stehen und deutete eine schmale, gassenähnliche Lichtung hinab.

„Sieh, Salzwasser," sagte er zu dem Seemann, „Bleichgesicht-Feuer!"

„Wahrhaftig, der Kerl hat recht!" murmelte Cap. „Da sitzen sie und schmausen so behaglich, als befänden sie sich in der Kajüte eines Dreideckers!"

„Pfeilspitze hat nur zur Hälfte recht," flüsterte Mabel; „dort sind zwei Indianer und nicht mehr als ein Weißer."

Der Tuskarora hielt zwei Finger empor und sagte: „Bleichgesichter," und danach einen Finger erhebend, fügte er hinzu: „Rothaut."

„Das ist von hier aus schwer zu unterscheiden," versetzte Cap. „Der eine ist ohne Frage ein Weißer und ein hübscher und reputierlich aussehender junger Mensch obendrein; dann sehe ich deutlich einen Indianer, bemalt und verziert, wie solches Volk das liebt; aus dem dritten Mann aber werde ich nicht recht klug, der scheint mir keins von beiden, weder Brigg noch Schoner zu sein."

„Bleichgesichter," wiederholte Pfeilspitze, noch einmal zwei Finger zeigend, „roter Mann," einen Finger erhebend.

„Ich glaube nicht, daß er sich täuscht, Onkel," sagte Mabel, „sein Auge ist wunderbar scharf. Es kommt nun darauf an, zu wissen, ob wir Freunde oder Feinde vor uns haben. Vielleicht sind's Franzosen."

„Das wird sich bald herausstellen," meinte Cap; „ich werde sie anpreien. Stelle dich hinter den Baum da, Magnet, es könnte den Kerlen einfallen, eine Breitseite auf uns abzugeben, ehe sie ihre Flagge zeigen."

Und seine Hände wie ein Sprachrohr an den Mund setzend, wollte er soeben einen seemännischen Anruf ertönen lassen, als der Tuskarora ihn mit schneller Bewegung daran hinderte.

„Roter Mann Mohikan," sagte er, „gut; Bleichgesichter Yengeese (Engländer)."

„Das ist treffliche Kunde, Onkel," rief Mabel erfreut. „Laß uns hingehen und uns als Freunde zu erkennen geben."

„Gut," nickte der Indianer beifällig. „Rothaut kühl und besonnen; Bleichgesichter voreilig, gleich schießen. Squaw mag gehen."

„Was?" fuhr der alte Seemann auf. „Wir sollen Magnet allein vorschicken, während wir zwei Lubber hier in sicherem Versteck liegen bleiben? Nimmermehr!"

„Ich habe nichts zu fürchten, lieber Onkel," entgegnete das Mädchen. „Welcher Christenmensch wird auf mich feuern, wenn ich allein komme? Und schlimmsten Falls bist du ja ganz in der Nähe."

„So nimm wenigstens eine meiner Pistolen mit."

„Nein, Onkel, meine Jugend und meine Schwäche werden mein bester Schutz sein," lächelte Mabel, „beunruhige dich also nicht."

Der Tuskarora nickte ihr beifällig und ermutigend zu und ohne Zögern machte sie sich auf den Weg. Noch war sie etwa fünfzig Schritte von dem Feuer entfernt, da knackte ein trockener Zweig unter ihrem Fuße. Blitzschnell sprangen zwei der Schmausenden, der Mohikaner und der

Andere, aus dessen Farbe Cap nicht klug werden konnte, auf ihre Füße; als sie das Mädchen erblickten, setzte der Indianer sich gelassen wieder nieder, der weiße Mann aber ging der Herankommenden entgegen.

Derselbe, ein Mann im Anfang des mittleren Lebensalter, war halb indianisch und halb civilisiert gekleidet; auf seinem wettergebräunten Antlitz spiegelten sich feste Männlichkeit, treuherzige Offenheit und unbeugsame Rechtschaffenheit, so daß Mabel sogleich volles und unbedingtes Vertrauen zu diesem Fremdling faßte. Sie blieb stehen und erwartete ihn.

„Fürchtet nichts, junges Frauenzimmer,“ begann der Jäger, denn als solchen kennzeichnete ihn sein Äußeres, „fürchtet nichts, Ihr habt in dieser Wildnis Christenmenschen gefunden, die keinem ein Leid thun, der ihnen harmlos und friedlich naht. Ich bin ein Mann, der in dieser Gegend wohlbekannt ist, vielleicht ist Euch einer meiner Namen bereits zu Ohren gekommen. Die Franzosen und die Rothäute jenseit der Großen Seen nennen mich La Longue Carabine oder die lange Büchse; bei den Mohikanern, einem edlen und tapfern Stamme, heiße ich Falkenauge; die englischen Soldaten und Waldläufer diesseits der Seen aber haben mir den Titel Pfadfinder gegeben, weil ich niemals eine Fährte verliere, ganz gleich, ob ein Mingo oder ein Freund dieselbe zurückließ.“

Kaum hatte Mabel die letzte Bezeichnung vernommen, als sie erfreut in die Hände klatschte. „Pfadfinder!“ wiederholte sie. „Dann seid Ihr der Freund, den mein Vater uns entgegenschicken wollte! Dem Himmel sei Dank!“

„Wenn Ihr die Tochter des Sergeanten Dunham seid, dann verhält sich das so wie Ihr sagt,“ antwortete der Jäger, sein helles, durchdringendes Auge freundlich auf das liebliche Antlitz des Mädchens heftend.

„Die bin ich, ich heiße Mabel,“ antwortete sie; „dort, hinter den Bäumen, wartet mein Onkel Cap und mit ihm ein Tuskarora, mit Namen Pfeilspitze. Wir glaubten erst am Ufer des Sees mit Euch zusammen zu treffen.“

„Ich wollte, Ihr hättet einen ehrlicheren Indianer zum Führer gehabt,“ versetzte Pfadfinder. „Ich liebe die Tuskaroras nicht; dieser Pfeilspitze ist ein ränkesüchtiger Häuptling. Ist sein Weib Junitau mit ihm?“

„Ja, ein sanftes, demütiges Geschöpf,“ sagte Mabel.

„Ganz recht, und ein treues und zuverlässiges,“ nickte der Jäger, „was man von Pfeilspitze nicht sagen kann. Immerhin müssen wir nehmen, was der Herrgott uns bietet.“ Jetzt kamen auch Cap und der Tuskarora heran; sie hatten die freundliche Begrüßung gesehen und zögerten nun nicht länger, sich den Fremden zu zeigen. Mabel teilte ihnen kurz mit, was sie erfahren hatte, und dann schritten alle dem Feuer zu.

Zweites Kapitel
Die Mingos

Der Mohikaner ließ sich durch das Herankommen Pfadfinders und der Begleiter desselben in seiner Mahlzeit nicht stören, der andere weiße Mann aber erhob sich und zog vor Mabel Dunham höflich seine Kappe ab. Sein Äußeres bekundete in ähnlicher Weise, wie das des alten Cap, den Schiffer, dabei war er jung, kräftig und von angenehmster Erscheinung. Pfadfinder nahm sogleich das Wort.

„Dies," sagte er, zu Mabel gewendet, „sind die Freunde, die Euer Vater Euch entgegensandte. Der dort ist ein großer Delaware, ein berühmter Häuptling, reich an Ehren, aber auch reich an Leid. Sein Name ist Chingachgook, was soviel bedeutet als Große Schlange; er heißt so, nicht etwa weil er falsch wäre, sondern weil er die Weisheit und Klugheit besitzt, die einem Krieger gebühren. Der Tuskarora versteht mich."

Bei diesen Worten Pfadfinders war Pfeilspitze an den Mohikaner herangetreten und beide tauschten einige freundschaftliche Bemerkungen aus.

„Das sehe ich gern," fuhr der Jäger fort. „Wenn zwei Rothäute einander in der Wildnis friedlich begegnen, so gleicht das der Begrüßung zweier Schiffe auf hoher See. Da wir vom Wasser reden – dieser junge Mann ist Jasper Western, ein Seefahrer, Führer eines Fahrzeugs auf dem Ontario."

„Freue mich, Euch kennen zu lernen," sagte Cap, dem Genannten kräftig die Hand schüttelnd. „Wenngleich ich Euch gegenüber kein Seefahrer, sondern ein Meerfahrer bin, so sind wir dennoch Kameraden. Dies ist meine Nichte Mabel; ich nenne sie allerdings Magnet, aus einem Grunde, den Ihr verstehen werdet, da Euch der Kompaß sicherlich nicht unbekannt ist."

Jasper Western nickte verständnisvoll lächelnd und bald befand er sich mit dem Kameraden vom salzigen Ocean in eifrigem Gespräch, während die Ankömmlinge, der freundlichen Aufforderung Pfadfinders entsprechend, sich den am Feuer bereiteten Hirschbraten trefflich munden ließen. Die Unterhaltung der Weißen wurde bald eine allgemeine. Der alte Cap ließ es dabei in seiner Geringschätzung alles dessen, was nicht zum salzigen Wasser gehörte, an Spöttereien und Prahlereien nicht fehlen, so daß Western, der bei den Waldläufern, Soldaten und Indianern den Beinamen „Süßwasser" führte, sich wiederholt beherrschen mußte, um den Sticheleien des unverbesserlichen „Salzwasser" gegenüber die Ruhe nicht zu verlieren. Pfadfinder stand seinem jungen Freunde nach Kräften bei; er fand seinen Spaß daran, dem Selbstgefühl des großsprecherischen alten Gesellen ab und zu einen Dämpfer aufzusetzen.

„Ich möchte Euch und Eure Nichte nicht ohne Not beunruhigen," sagte er, als das Gespräch auf die Gefahren der von diesen bereits zurückgelegten und noch auszuführenden Reise kam, „soviel aber ist gewiß, Meister Cap, daß die Gegend zwischen dieser Stelle und dem Seeufer von feindlichen Irokesen wimmelt. Aus diesem Grunde allein hat uns der Sergeant gebeten, Euch entgegen zu gehen und den Weg zu weisen."

„Was?" rief Cap, „die Schelme wagen doch nicht etwa, so dicht unter den Kanonen eines Forts Seiner Majestät herumzukreuzen?"

„Wenn das nicht der Fall wäre, würden die Große Schlange und ich uns da Euretwegen bemüht und uns durch die Mingobanden geschlichen haben, die allenthalben den Wald unsicher machen? Und meint Ihr, daß Jasper dann die noch zehnmal größere Gefahr bestanden hätte, das Kanoe für Euch bis hierher flußaufwärts zu bringen?"

„Dafür soll er bedankt sein," antwortete Cap, „obgleich die Gefahr bei solcher Bootsfahrt keine erhebliche gewesen sein kann."

„Wie man's nimmt," sagte Pfadfinder. „Er konnte aus dem Ufergebüsch niedergeschossen werden, während er alle Kräfte aufbieten mußte, das Kanoe durch eine Stromschnelle zu bringen. Es giebt keine gefährlichere Fahrt, als die auf einem schmalen Flusse, dessen Ufer einen einzigen, fortlaufenden Hinterhalt bilden."

„Zum Henker!“ rief der alte Seemann wild, „wenn das so ist, wie kommt dann mein Schwager, der Sergeant, dazu, mich solch eine vertrackte Reise durch diese heidnische Wildnis machen zu lassen? Wenn ich nicht an Magnet dächte, dann kehrte ich hier auf der Stelle um, zurück nach York, und ließe den Ontario Ontario sein!“

„Dadurch wäret Ihr um nichts besser daran, Freund Seemann, da der Weg zurück viel länger und jetzt auch ebenso gefährlich ist, als der Weg zum Fort. Ihr müßt Euch nun schon wohl oder übel darauf verlassen, daß wir Euch entweder gesund ins Fort bringen, oder unsere Skalpe verlieren.“

Caps Schädel war beinahe kahl, im Nacken aber hing ihm ein Zopf herab, der fest mit Aalhaut umwickelt war. Bei den Worten Pfadfinders strich er mit der Hand über Glatze und Zopf, wie um sich zu vergewissern, daß beides noch vorhanden sei. Es wurde ihm schwül zu Mute.

„Wie weit ist's noch bis zum Fort?“ fragte er endlich.

„Fünfzehn englische Meilen,“ antwortete der Jäger, „und die sind bald zurückgelegt, denn der Fluß fließt schnell – vorausgesetzt, daß die Mingos uns in Ruhe lassen.“

Cap war im Grunde ein Mann von Mut und Tapferkeit; als er die Lage der Dinge erkannt hatte, ergab er sich in sein Schicksal und erhob weiter keinen Einspruch.

Das Kanoe, in welchem Cap und seine Genossen die Fahrt vom Fort Stanwix, der letzten militärischen Station am Mohawkflusse, bis in diese Gegend gemacht hatten, lag, seiner Insassen gewärtig, noch an derselben Stelle, wo man es verlassen hatte, um den Windbruch zu erklettern. Nach beendetem Mahle, während dessen Pfadfinder mit der Großen Schlange und Jasper angelegentlich Rat gehalten, brach die ganze Gesellschaft auf und begab sich zu dem Fahrzeug, in welchem Junitau geduldig harrend saß. Dasselbe war eins jener leichten Rindenboote, wie sie die Indianer so meisterhaft anzufertigen wissen. Alle stiegen ein, bis auf Pfadfinder, der am Ufer blieb, um das Kanoe abzuschieben.

„Drücke das Hinterteil flußabwärts herum, Jasper," rief er dem jungen Manne zu, der das Paddelruder Pfeilspitzes ergriffen und den Platz des Bootssteuerers eingenommen hatte. „Wenn die Mingos unserer Fährte hierher folgen sollten, dann werden sie nach den Spuren im Uferschlamme sehen; finden sie hier die Spitze des Kanoes flußaufwärts gerichtet, dann glauben sie sicher auch, wir seien in dieser Richtung davon gefahren."

Damit stieß er das Fahrzeug ab und schwang sich mit mächtigem Satze hinein. In der Mitte des Stromes angelangt, wurde das Kanoe gewendet und nun trieb es schnell stromabwärts.

Cap saß auf einer niedrigen Ducht in des Kanoes Mitte; die Große Schlange kniete in seiner Nähe. Vor ihnen kauerten Pfeilspitze und dessen Weib. Mabel saß auf einigen Gepäckstücken hinter ihrem Onkel, Pfadfinder und Jasper standen aufrecht, der Eine im Buge, der Andere im Stern; sie führten die Paddelruder und trieben das Fahrzeug mit langen, geräuschlosen Streichen durch das Wasser.

Der Oswego, dies war des Flusses Name, war hier nicht sehr breit, aber tief und reißend und überall so dicht von den Uferbäumen überhangen, daß stellenweise das Tageslicht kaum noch seine Oberfläche zu erreichen vermochte. Die Ereignisse, die in unserer Erzählung geschildert werden sollen, trugen sich im Jahre 175* zu, in einer Zeit, wo die Civilisation noch keinen Fuß in diese Wildnis gesetzt hatte, wo der Urwald sich noch in seiner ganzen romantischen Schönheit zwischen den Seen und längs der Wasserläufe ausbreitete.

„Ich wollte, wir hätten bald wieder Frieden im Lande," begann der Jäger, nachdem man eine lange Strecke schweigend den Fluß hinabgeglitten war; „ich sehne mich nach der Zeit, wo man wieder im Walde schweifen kann, ohne nach Feinden ausspähen zu müssen. Wie schön waren die Tage, wo die Schlange und ich friedlich an diesen Stromufern lebten, Wild und Fische erlegten und weder an Mingos noch an Skalpe dachten! Hoffentlich hält mich die Tochter des Sergeanten nicht für einen jener wüsten Menschen, die Freude am Vergießen von Menschenblut empfinden."

„Einen solchen Menschen hätte mein Vater sicherlich nicht erwählt, seine Tochter durch die Wildnis zu geleiten," antwortete Mabel, mit lächelndem Auge dem fragenden Blick des Jägers begegnend.

In diesem Augenblick führte ein über dem Flußbett heranziehender leichter Luftzug ein dumpfes Getön an die Ohren der Reisenden. Der alte Cap horchte auf.

„Aha," sagte er, „der See kann nicht mehr weit sein, ich höre bereits die Brandung am Strande."

„Das ist ein Irrtum," entgegnete der Jäger. „Eine halbe Meile von hier fällt der Oswego über einige Felssteine herab, daher das Geräusch."

„Ist da ein Wasserfall im Flusse?" fragte Mabel mit leichtem Erschrecken.

„Den Teufel auch!" rief Cap. „Hört, Meister Pfadfinder, und Ihr, Meister Süßwasser, könnt Ihr das Kanoe nicht mehr an das Ufer heranscheren lassen? Oberhalb solcher Fälle sollen sich häufig Stromschnellen finden, und geraten wir dahinein, dann ist's mit diesem papiernen Boot vorbei."

„Habt nur Vertrauen zu uns, Freund Cap," antwortete der Jäger, „wir sind zwar nur Süßwasserschiffer, und ich nicht einmal ganz ein solcher, aber wir verstehen uns auf Strudel Stromschnellen und Katarakte und werden alles thun, um Ehre einzulegen, wenn wir die Schnelle hinabschießen."

„Die Schnelle – hinabschießen?" rief Cap, die Augen weit aufreißend. „Mann, seid Ihr bei Sinnen? In dieser Eierschale wollt Ihr über einen Wasserfall fahren?"

„Warum nicht?" lächelte der Jäger. „Das ist doch einfacher, als wenn wir das Kanoe ausladen und eine Meile weit um den Fall herum schleppen."

Mabel war blaß geworden; sie richtete einen ängstlichen Blick auf den jungen Mann, der im Stern des Bootes stand. Das Tosen des Wassers ertönte lauter und drohender.

„Wir gedachten Miß Dunham, Junitau und die beiden Krieger zu landen," nahm Jasper ruhig das Wort; „wir drei weißen Männer aber, die wir alle an das Wasser gewöhnt sind, wollten über die Schnelle fahren, was weiter nicht gefährlich ist, da Pfadfinder und ich das Stück schon sehr oft ausgeführt haben."

„Und dabei haben wir heute besonders auf Euren Beistand gerechnet, Freund Salzwasser," bemerkte Pfadfinder, seinem jungen Genossen neckisch zublinzelnd; „Euch sind schäumende und brüllende Wogen nichts neues, Ihr könnt Euch daher des Gepäcks annehmen, damit Miß Mabels Kleider und Putzgegenstände nicht über Bord gerissen werden und auf der Fahrt durch die Stromschnelle verloren gehen."

Cap schwieg. Als Seemann wußte er die Gefahr, der sie entgegen gingen, zu beurteilen, sein Stolz aber gestattete ihm nicht, mit den Frauen das Kanoe zu verlassen; auch wollte er lieber im Wasser ersaufen, als am Lande den Mingos in die Hände fallen, seit er von Pfadfinder erfahren, wie arg diese Rothäute nach Skalpen seien.

Es geschah, wie Jasper gesagt hatte. Die erwähnten vier Personen wurden ans Ufer geschafft, an eine Stelle, von der sie die Stromschnelle überschauen konnten; dann schoß das Kanoe dem tosenden Falle zu. Einen Augenblick erschien es Cap, als befände er sich in einem kochenden Kessel; es verging ihm Hören und Sehen; wie ein welkes Blatt wurde das Fahrzeug in dem weißschäumenden, brüllenden Chaos umhergeworfen, aber nur einen Augenblick, dann glitt es, von Jaspers fester Hand geleitet, ruhig auf dem glatten Wasser unterhalb der Schnelle dahin. Cap griff an seinen Zopf, derselbe hing noch an der alten Stelle; er atmete tief auf und blickte hinter sich – die Gefahr war vorüber.

Man gelangte zu dem Uferversteck, wo Jasper sein eigenes Kanoe verborgen hatte, und nunmehr schifften auch die Andern sich wieder ein; Cap, seine Nichte und Jasper begaben sich in das eine Fahrzeug,

Pfadfinder, Pfeilspitze und Junitau in das andere. Der Mohikaner war im Uferwalde bereits vorausgegangen, um hier nach den Feinden zu spähen.

Eine lange Strecke schifften die Abenteurer vorsichtig und sich nur mit leiser Stimme unterhaltend stromabwärts; der Fluß war voll von Klippen und Untiefen und es bedurfte der größten Aufmerksamkeit von seiten der Bootsführer, alle diese Hindernisse und Gefahren zu vermeiden. Die Kanoes hielten sich nach Möglichkeit nebeneinander.

„He, Süßwasser!" rief Pfadfinder plötzlich zu dem jungen Schiffer hinüber, „dort am Ufer, auf dem Stein unterhalb des hängenden Buschwerks steht eine Rothaut – wer ist das?"

„Das ist die Große Schlange, Pfadfinder. Der Häuptling winkt uns."

Die Fahrzeuge glitten heran und Pfadfinder und der Mohikaner wechselten einige Worte in der Sprache der Delawaren.

„Chingachgook ist nicht gewohnt, Baumstämme für Feinde anzusehen," sagte der weiße Mann zu seinem rothäutigen Genossen. „Warum hält er uns hier auf?"

„Im Walde sind Mingos," antwortete der Häuptling.

„Das haben wir schon seit zwei Tagen gemutmaßt; hat der Häuptling jetzt Gewißheit?"

„Sieh," versetzte der Mohikaner, einen aus Stein geschnitzten Pfeifenkopf emporhaltend. „Der Tabak darin glimmte noch, als ich ihn fand."

„Dann sind die Mingos nicht weit," sagte Pfadfinder. „Jasper," gebot er dem jungen Schiffer, „seht Ihr dort die hohe Kastanie? Lauft, mein Junge, nehmt Stahl und Stein und zündet dort ein Feuer an; vielleicht lockt der Rauch die Schelme nach jenem Orte, während wir die Flußbiegung umschiffen und unterhalb derselben ein Versteck suchen."

Jasper sprang ans Land und verschwand im Dickicht; bald darauf stieg ein bläulicher Rauch über den Wipfeln in der Nähe der Kastanie auf, während die Kanoes schnell der Flußbiegung zustrebten. Der Mohikaner blieb zurück, um seine Beobachtungen fortzusetzen. Unterhalb der Biegung entdeckte das scharfe Auge Pfadfinders bald eine kleine Bucht in dem hohen Ufer, die für beide Fahrzeuge Raum bot. Ein besserer Schlupfwinkel ließ sich gar nicht denken. Das dichte Ufergebüsch und die von der Höhe über das Wasser hinausragenden Baumkronen verwandelten die Bucht in eine dunkle Grotte, die nur vom Flusse her Zugang hatte. Die Kanoes wurden hineingeschafft, dann schnitten Pfadfinder und der Tuskarora laubreiche Äste und Stämmchen ab, steckten dieselben vor die Grotte in den sandigen Grund des Flusses und schufen dadurch eine buschige Schutzwand, die kein Auge zu durchdringen vermochte.

„Still!" flüsterte der Jäger, nachdem man eine Weile in schweigender Erwartung teils in den Kanoes gesessen, teils am Ufer gestanden hatte, „da kommt Süßwasser. Als verständiger Junge watet er im Flusse, um keine Fährte zu hinterlassen. Jetzt werden wir sehen, ob unser Versteck die Probe besteht."

Der junge Schiffer hatte die Flußbiegung umschritten und als er keine Spur von den Kanoes sah, begann er mit prüfenden Blicken die Ufergebüsche zu mustern. Langsam, ganz langsam watete er vorwärts, alle zehn Schritte stehen bleibend. Er kam der künstlichen Schutzwand so nahe, daß die Blätter ihn streiften, dennoch merkte er nichts Verdächtiges; er wäre vorüber gegangen, wenn Pfadfinder ihn nicht leise gerufen hätte.

„Nicht übel," sagte der Jäger, unhörbar vor sich hin lachend, „nicht übel! Allein Rothäute haben andere Augen als Bleichgesichter. Ich möchte mit der Sergeantentochter einen Wampumgürtel gegen ein Horn voll Pulver wetten, daß ihres Vaters ganzes Regiment hier vorbeimarschieren würde, ohne uns zu entdecken. Aber warten wir, bis die Große Schlange kommt; wenn unsere Kunst vor diesem Häuptling besteht, dann erst können wir uns etwas darauf einbilden."

„Meint Ihr nicht, Meister Pfadfinder," warf Cap ein, „daß es klüger wäre, wenn wir uns sogleich wieder aufmachten und in möglichster Eile das Fort zu erreichen suchten? Haben wir die Wilden erst hinter uns, dann soll es ihnen schwer werden, uns einzuholen."

„Ehe wir von dem Mohikaner gehört haben, möchte ich diesen Schlupfwinkel nicht um alles Pulver im Fort verlassen," entgegnete der Jäger. „Wir liefen dem Tode geradezu in den Rachen und das dürfen wir nicht, so lange des Sergeanten Tochter bei uns ist."

Cap fügte sich, und wieder versank die Gesellschaft in Schweigen. Eine lange Zeit verstrich. Endlich erhob Pfadfinder lauschend den Kopf.

„Die Schlange kommt!“ rief er leise. „Nun wollen wir sehen, ob mohikanische Augen schärfer sind als die eines Seeschiffers.“

Der Delaware kam denselben Weg daher, den vor ihm Jasper eingeschlagen. Aber anders wie dieser, schien er auch Sorge zu tragen, sich durch das Ufergebüsch gegen die Blicke hinter ihm befindlicher Späher zu decken.

„Der Häuptling sieht die Vagabunden!“ flüsterte Pfadfinder. „Die Dummköpfe haben auf den Köder gebissen und sind gegen Jaspers Feuer herangeschlichen!“

Der Mohikaner war vor der Schutzwand angelangt; schon schien er dieselbe passieren zu wollen, da aber warf er noch einen forschenden Blick auf das Gesträuch, dann bog er die Zweige vorsichtig zur Seite und im nächsten Moment stand er in der Grotte, mitten unter der Gesellschaft.

„Mingos?“ fragte der Jäger kurz.

„Irokesen,“ antwortete der Häuptling.

„Das ist dasselbe; Irokesen, Teufel, Mingos oder Furien, das ist alles eins. Ich nenne die Schelme Mingos. Komm hierher, Häuptling, ich habe mit Dir zu reden.“

Die beiden traten auf die Seite und hielten eine lange Zwiesprache auf delawarisch. Dann teilte Pfadfinder den Andern das Gehörte mit.

Der Mohikaner war der Spur der Feinde in der Richtung des Forts gefolgt, bis dieselben, durch Jaspers Feuer angelockt, plötzlich umgekehrt waren. Er hatte fünfzehn Krieger gezählt, die sich jetzt alle oberhalb der Stromschnelle befinden mußten. Jasper machte den Vorschlag, schleunigst davon zu paddeln.

„Ihr wißt ein Kanoe geschickt zu handhaben, Süßwasser,“ entgegnete der Jäger, „aber ein Mingo ist in der Ausführung seiner Teufeleien noch geschickter; die Fahrzeuge sind schnell, schneller noch aber ist eine Büchsenkugel.“

Er redete noch, da berührte Mabel, die aufrecht im Kanoe stand, mit einer der in demselben befindlichen Angelruten seine Schulter. Sie hatte den Finger auf die Lippen gelegt und ihre Augen deuteten auf eine Öffnung in der Schutzwand. Der Jäger trat herzu und blickte durch das Blätterwerk.

„Die Mingos!“ rief er flüsternd, „haltet die Waffen bereit. Freunde, aber rührt euch nicht!“

Jasper bewog Mabel, sich in dem Kanoe niederzulegen, Pfeilspitze und Chingachgook krochen ins Dickicht und lauerten hier wie Schlangen. Junitau setzte sich auf einen Stein und bedeckte den Kopf mit ihrem Gewande, und Cap schob die Pistolen im Gürtel handrecht; nur Pfadfinder stand, die Büchse im Arm, unbeweglich.

An der Biegung des Flusses erschienen drei Mingos, im flachen Wasser watend. Langsam, anscheinend unschlüssig, kamen sie näher. Blätterrascheln und leichte Tritte auf dem hohen Ufer verrieten, daß eine andere Abteilung der Mingos am Lande in gleicher Richtung daherkam. Unsere Abenteurer hatten jetzt Feinde auf beiden Seiten. Die Gestaltung des Ufers war derart, daß die Mingos am Lande ihre Gefährten im Flusse zu Gesicht bekamen, gerade als die Letzteren unmittelbar vor der künstlichen Schutzwand angelangt waren. Beide Abteilungen blieben stehen und begannen über die Köpfe der in der Buschgrotte Versteckten hinweg eine Unterhaltung, deren Worte sowohl dem Mohikaner und dem Tuskarora, wie auch dem Jäger verständlich waren.

„Das Wasser hat die Fährte weggewaschen,“ sagte einer der Mingos im Flusse, der sich so nahe befand, daß Jasper ihn mit seinem Fischspeer hätte erreichen können.

„Die Bleichgesichter sind in ihren Kanoes entflohen,“ antwortete ein Krieger vom Ufer.

„Das ist unmöglich. Die Büchsen unserer Krieger dort unten fehlen nicht.“

Pfadfinder warf Jasper einen bezeichnenden Blick zu.

„Meine jungen Männer mögen scharf ausschauen, als wären sie Adler," sagte der älteste der im Flusse Watenden. „Einen ganzen Monat sind wir auf dem Kriegspfade und haben erst einen Skalp erbeutet. Da ist ein Mädchen unter den Bleichgesichtern, und einige unserer Tapferen brauchen Weiber."

Die beiden Abteilungen setzten sich wieder in Bewegung. Von den am Lande befindlichen Wilden konnten unsere Abenteurer kaum bemerkt werden, sehr groß aber war diese Gefahr von seiten der drei Mingos im Flusse, die jedes Gesträuch mit funkelnden Blicken prüften. Trotzdem schritten auch diese an dem Versteck vorüber und schon öffnete Pfadfinder den Mund zu seinem herzlichen, lautlosen Lachen, als der Letzte der Krieger, ein ganz junger Mensch, plötzlich stehen blieb und einige Blätter befühlte, die ihm welker als die übrigen zu sein schienen. Seine Gefährten setzten ihren Weg fort. Schon wollte er ihnen folgen, da betrachtete er noch einmal die Blätter ganz genau, dann bog er kurz entschlossen die künstlich eingepflanzten Äste zurück, that einen Schritt vorwärts und stand nun in dem Schlupfwinkel, den wie Statuen dastehenden Abenteurern gegenüber. Ein leises „Hugh!" entfloh seinen Lippen, da aber fuhr auch schon der Tomahawk des Delawaren hernieder und spaltete ihm krachend den Schädel. Der Irokese warf die Hände empor und stürzte dann rücklings ins Wasser, das ihn sogleich davonführte, ehe Chingachgook noch herzuspringen und sich seines Skalps bemächtigen konnte.

„Jetzt haben wir keinen Augenblick mehr zu verlieren," rief Jasper mit unterdrückter Stimme, indem er zugleich eine Lücke in die Schutzwand riß. „Thut wie ich, Meister Cap, wenn Euch an der Rettung Eurer Nichte gelegen ist; Ihr aber, Mabel, legt Euch flach nieder in das Kanoe."

Damit zog er das Fahrzeug in den Fluß hinaus, wobei Cap ihm behilflich war. Pfadfinder folgte mit dem andern Kanoe; der Delaware aber sprang das Ufer hinauf, die Mingos von neuem zu beobachten. Als Pfadfinder in die Strömung gelangte, gewahrte er, sich umschauend, daß der Tuskarora und sein Weib, die gleich zu Anfang in sein Kanoe gestiegen waren, sich nicht mehr darin befanden. Ein Gedanke an Verrat flog ihm durch den

Kopf, da aber wurde seine Aufmerksamkeit durch Gewehrschüsse abgelenkt, die gegen Jaspers Kanoe abgefeuert wurden. Der junge Mann strebte quer über den Fluß dem andern Ufer zu, kräftig von dem alten Cap unterstützt. Zugleich verkündete ein lautes Geheul, daß die Wilden den im Wasser treibenden Leichnam ihres Genossen entdeckt hatten.

„Haltet auf das Elsenbuschwerk zu, Jasper!" rief der Jäger mit schallender Stimme dem Freunde zu. „Denkt an nichts als an die Rettung des Mädchens und überlaßt diese schurkischen Mingos mir und der Großen Schlange!"

Der junge Schiffer schwenkte zustimmend sein Paddelruder, während jetzt Schuß auf Schuß gegen den hoch und frei im Kanoe stehenden Jäger knallte; derselbe hatte seinen Zweck erreicht, das Feuer der Wilden von dem Kanoe Jaspers ab und auf sich gelenkt.

„Ja, schießt nur, ihr Dummköpfe," sagte Pfadfinder im Selbstgespräch, indem er zugleich mit starken Ruderschlägen sein Fahrzeug über den Fluß trieb, „schießt nur und verschwendet euer Pulver. Ich will euch nicht verhöhnen, wie ein Delaware oder ein Mohikaner dies thun würde, denn meine Gaben sind die eines Christenmenschen und nicht die einer Rothaut, aber hier, wo ihr es nicht hört, kann ich es ja wohl sagen, daß ihr nicht bessere Schützen seid, als jene Stadtleute, die in ihren Gärten auf Rotkehlchen schießen ... Aha, das war gut gemeint," lächelte er, als ihm eine Kugel eine Locke von der Schläfe schnitt, „aber das Blei, das um einen Zoll fehlt, ist ebenso unnütz, wie eins, das nie den Lauf verläßt. Brav, Jasper! Des Sergeanten liebes Kind muß geborgen werden und sollten wir ohne Skalpe heimkommen!"

Jasper erreichte unverletzt das schützende Dickicht, wo er, Cap und Mabel auf das Ufer sprangen und vorläufig in Sicherheit waren. Pfadfinder aber befand sich in größter Gefahr, da er ohne Deckung den Kugeln aller Feinde ausgesetzt war, denn inzwischen hatte sich auch die Abteilung der Mingos, die weiter unten den Fluß überwachen sollte, durch die Schüsse angelockt, auf dem Schauplatze eingefunden und, zehn Mann stark, eine Stromenge besetzt, die der Jäger demnächst passieren mußte. Ruhigen

Blickes überschaute der kühne Mann die Sachlage, dann griff er plötzlich nach Büchse und Jagdsack, sprang über Bord und watete von Fels zu Fels dem westlichen Ufer zu. Das Kanoe aber geriet in den Wirbel der Enge, füllte sich mit Wasser und trieb dann dicht bei den Irokesen auf den Strand. Schuß auf Schuß krachte, das Brausen der Flut übertönend; die Kugeln durchlöcherten des Jägers Gewand, sein Körper aber schien gefeit zu sein. Endlich erreichte er in Brusttiefe einen großen Stein, dessen Oberfläche trocken war; auf diesen legte er sein Pulverhorn und machte sich dann die Deckung so gut als möglich zu nutze.

Vom Ufer aus hatten Jasper, Mabel und Cap mit pochenden Herzen das Thun des Jägers und der Mingos beobachtet; jetzt aber gewahrte der junge Schiffer, daß die Strömung von seinem Standorte aus direkt auf jenen Stein zutrieb; er zog das Kanoe herbei, schob es mit Vorsicht in den Fluß hinaus und hatte bald darauf die Freude, es von Pfadfinder aufgefangen zu sehen. Der Jäger schwang sich hinein und erreichte glücklich das rettende Ufer, wo die Freunde ihn jubelnd empfingen.

Inzwischen hatten die Mingos auf dem östlichen Ufer Pfadfinders Kanoe aufgefischt und drei von ihnen machten sich daran, in demselben über den Fluß zu setzen.

„Soll ich feuern?“ fragte Jasper, seine Büchse erhebend.

Ehe Pfadfinder aber noch antworten konnte, hörte man den scharfen Knall einer Büchse; der Wilde, der das Kanoe steuerte, that einen Luftsprung und stürzte, das Ruder in der Hand, kopfüber in den Strom.

„Das ist das Zischen der Großen Schlange!“ rief der Jäger frohlockend. „Ein treueres und kühneres Herz als das seine schlug nie in eines Delawaren Brust!“

Das führerlose Kanoe schoß der Enge zu, wo es sogleich in den Wirbel geriet; im nächsten Augenblick schlug es um und seine beiden Insassen fielen ins Wasser. Schwimmend und watend strebten sie dem Ufer zu; das Fahrzeug aber blieb auf einer Klippe sitzen, für Freund und Feind zunächst gleich unerreichbar.

Wieder erhob der vor Eifer brennende Jasper seine Waffe, um einen der watenden Krieger niederzustrecken, aber Pfadfinder hinderte ihn daran. Der wackere Jäger war kein Freund von unnützem Blutvergießen.

„Ich liebe die Mingos nicht," sagte er, „aber ich verschieße auch keine Kugel auf sie, wenn ich nicht dazu gezwungen bin. Behalten wir unser Blei im Lauf, zu Nutz und Frommen der Schlange, die nicht ganz vorsichtig handelte, als sie den Irokesen vorhin ihre Nähe verriet ... Da, sagt ich's nicht? So wahr ich ein Sünder bin, dort schleicht einer der Schelme am Ufer hin, dem Schlupfwinkel des Häuptlings zu! Er ist nicht mehr weit von der Stelle, wo ich vorhin den Rauch von Chingachgooks Büchse aufsteigen sah. Merkwürdig, daß der Delaware ihn so nahe herankommen läßt!"

Und kein Auge von dem Mingokrieger verwendend, hob er langsam die Büchse empor.

„Der Leichnam des Irokesen, den die Schlange erschossen, ist dort auf den Felsen getrieben," rief Jasper, „sein Kopf ragt aus dem Wasser."

„Der wird niemand mehr ein Leid thun," versetzte Pfadfinder, „jener schleichende Schuft aber trachtet nach dem Leben meines besten Freundes –"

Der Jäger unterbrach sich plötzlich, riß die Büchse, eine Waffe von ungewöhnlicher Länge, an die Wange und feuerte, anscheinend ohne erst zu zielen. Der Wilde drüben hatte sich soeben zum Schuß angeschickt, als der Todesbote ihn erreichte. Sein Gewehr entlud sich in die Luft und er selber fiel ins Dickicht zurück.

„Das hat das Gewürm sich selber zuzuschreiben," sagte Pfadfinder mit gerunzelten Brauen, indem er seine Büchse von neuem lud. „Chingachgook und ich sind seit unserer Knabenzeit treue Gefährten gewesen, wir haben am Horikan, am Mohawk, am Ontario und überall, wo es die Franzosen zu bekämpfen galt, Seite an Seite gefochten; bildete der dumme Teufel sich etwa ein, ich würde ruhig zusehen, wie man meinen besten Freund aus dem Hinterhalt niederschießt?"

„Die Schlange hat uns vorhin einen guten Dienst geleistet, der ist ihm jetzt vergolten worden,“ versetzte Jasper. „Die Mingos verkriechen sich, sie gewahren, daß wir sie auch über den Fluß erreichen können. Doch was kommt da auf uns zugeschwommen? Ist das ein Hund oder ein Hirsch?“

Der Jäger lugte scharf nach dem Wasser, auf dem ein Stück Strauchwerk herangetrieben kam. Er erkannte bald, daß man es mit einer indianischen Kriegslist zu thun hatte. Dann aber erheiterten sich seine Züge.

„Die Große Schlange, so wahr ich lebe!“ rief er. „Er hat sich den Busch um den Kopf und das Pulverhorn oben drauf gebunden, und auf dem Stück Holz schiebt er die Büchse vor sich her! Wie oft haben wir beide angesichts der heulenden Mingos solche und ähnliche Scherze ausgeführt!“

Der Häuptling erreichte das Ufer genau an der Stelle, wo seine Freunde sich befanden; er stieg aus dem Wasser, schüttelte sich wie ein Hund und sagte nichts als: „Hugh!“

Der Kampf im Flusse

Die Schatten des Abends verbreiteten sich schnell im Walde und über dem Flußbett; im Schutze der Dunkelheit konnte es den Mingos nicht schwer werden, über den schmalen Strom zu setzen, und so drängte Pfadfinder auf ein schleuniges Verlassen des Ortes. Einem vorher verabredeten Plan zufolge sollten Jasper und der Delaware in der

Finsternis versuchen, das zweite, noch immer auf der Klippe hängende Kanoe herbeizuschaffen. Nur mit ihren Messern, der Delaware auch mit dem Tomahawk, bewaffnet, begaben sich die beiden in den Fluß, während Pfadfinder, Mabel und Cap in dem andern Kanoe vorsichtig am Ufer entlang glitten, bis zu einer geschützten Stelle oberhalb der Enge. Hier ergriff der Jäger einen Zweig des Strandgebüsches, um das Fahrzeug anzuhalten und den Ausgang des Unternehmens abzuwarten. Jasper und sein Gefährte wateten und schwammen eine Viertelstunde lang in der nächtlichen Dunkelheit hierhin und dorthin, ohne das Kanoe zu finden; schon wollte der Delaware an das Ufer zurückkehren, um dort einen andern Ausgangspunkt zu wählen, als er plötzlich ganz in seiner Nähe eine Gestalt im Wasser herumtappen sah.

„Mingo!" flüsterte er dem neben ihm stehenden Jasper ins Ohr. „Die Schlange wird ihrem Bruder zeigen, wie man schlau ist." Damit bewegte er sich auf den fremden Indianer zu, der sich bei seinem Herankommen umwendete.

„Hugh!" rief der Mingo, „das Kanoe ist gefunden. Hilf mir, es vom Felsen zu heben."

„Gut," versetzte Chingachgook in der Mingosprache, „führe, wir folgen."

Das Tosen des Wassers war so laut, daß der feindliche Indianer nichts Verdächtiges in dem Stimmenklang des Andern wahrnehmen konnte. Am Kanoe angelangt, ergriff der Irokese ein Ende desselben, Chingachgook stellte sich in die Mitte und Jasper faßte das andere Ende.

„Hebt!" sagte der Fremde; mühelos hob man das leichte Fahrzeug von der Felsenbank, kehrte es um, damit das Wasser herauslief, und dann bugsierten es die drei watend durch den Strom, dem östlichen Ufer zu. Einmal erhob Chingachgook den Tomahawk, um dem arglosen Mingo vor ihm den Schädel einzuschlagen; er unterließ dies aber, weil er fürchtete, daß der Todesschrei desselben alles verderben könne. Bald aber bereute er seine Unentschlossenheit, denn plötzlich erschienen vier andere Mingos, die sich nach den üblichen Hugh-Rufen sogleich an dem Transport des Kanoes beteiligten. Schweigend ging es dem Ufer zu; die

Mingos wollten die bereits vorher aufgefischten Paddelruder holen und dann einige Krieger mit all ihren Gewehren und Pulverhörnern einschiffen, denn nur der Umstand, daß sie ihr Schießzeug nicht trocken hinüber bringen konnten, hatte sie abgehalten, schon bei Einbruch der Dunkelheit zum andern Ufer zu schwimmen. Man gelangte zu einer Stelle im Flusse, die zum waten zu tief war. Die Mingos blieben stehen. Chingachgook und Jasper duckten sich möglichst tief ins Wasser.

„Alle meine jungen Männer," sagte der unter den Mingos anwesende Häuptling, „mögen zum Ufer schwimmen und ihre Waffen holen; nur zwei bleiben hier, das Boot hinüber zu bringen."

Die Indianer gehorchten, Jasper aber, der das Hinterteil des Kanoes hielt, und die Krieger am Buge behielten ihre Plätze; Chingachgook tauchte unter, um die andern ungesehen passieren zu lassen. Nach einigen Augenblicken merkte der den Bug lenkende Irokese eine auffällige Erschwerung seiner Arbeit; er wendete sich um und sah, wie Chingachgook und Jasper in entgegengesetzter Richtung arbeiteten. Sein Instinkt sagte ihm, daß er es mit Feinden zu thun hatte, und kurz entschlossen sprang er dem Delawaren an die Kehle. Ein fürchterliches Ringen begann und bald waren die Kämpfer in der wild aufschäumenden Flut den Augen Jaspers entschwunden.

Der junge Mann wollte dem Häuptling zu Hilfe kommen, da aber fiel ihm ein, wie durchaus unentbehrlich das Kanoe zur Rettung Mabels sei, und jeden andern Gedanken aufgebend, schob er seine Beute vor sich her, bis er mit derselben an dem westlichen Ufer anlangte, wo Pfadfinder mit seinen Gefährten ihn erwartete. In kurzen Worten berichtete er das Vorgefallene, dann lauschten alle angestrengt über das Wasser, aber nichts als das Brausen der wirbelnden Flut ließ sich vernehmen.

„Wir müssen fort," sagte der Jäger endlich mit einer Stimme, der man ein unterdrücktes Beben anhörte. „Nehmt dieses Paddelruder und folgt uns in Eurem Kanoe, Jasper."

„Aber die Schlange –" versetzte der junge Mann.

„Die Große Schlange steht in Gottes Hand und wird leben oder sterben, wie die Vorsehung beschließt. Wir können ihm nicht helfen und bringen uns nur selber in Gefahr, wenn wir hier müßig liegen bleiben. Noch ist die Finsternis uns günstig –"

Ein langes, lautes, gellendes Geheul am jenseitigen Ufer unterbrach ihn.

„Was mag das bedeuten, Meister Pfadfinder?" fragte Cap. „Christenmenschen sind es sicher nicht, die da so schreien, eher scheint es mir, als stimmten alle Teufel der Hölle ihren infernalischen Gesang an."

„Christenmenschen sind es nicht, wohl aber mögt Ihr sie Teufel nennen," antwortete der Jäger. „Das Geschrei ist ein Jubelruf; ich fürchte, der Häuptling der Delawaren ist tot oder lebendig in ihre Hände geraten."

„Und wir!" rief Jasper, dem es wie ein Stich durchs Herz fuhr, daß er den Gefährten vielleicht hätte retten können.

„Wir vermögen ihm nichts zu nützen, mein Junge, wir müssen vielmehr machen, daß wir fortkommen."

„Ohne einen Versuch zu wagen, ihm zu Hilfe zu kommen, ohne zu wissen, ob er noch am Leben ist?"

„Jasper hat recht,“ nahm auch Mabel das Wort; „ich fürchte mich nicht und will gern hier warten, bis wir wissen, was aus dem Häuptling geworden ist.“

Cap sprach sich in demselben Sinne aus. Der Pfadfinder aber schob ungeduldig das Kanoe mit seinen Insassen in den Strom hinaus.

„Ihr redet so, weil Ihr alle nicht wißt, in welcher Gefahr Ihr schwebt,“ sagte er. „Wir müssen die Garnison zu erreichen suchen und den Delawaren der Vorsehung überlassen. Der Hirsch, der zu oft zur Salzlecke geht, fällt endlich einmal dem Jäger in die Hände.“

Das endete den Streit. Eingehüllt in dichte Finsternis glitten die Kanoes den Fluß hinunter. Jasper meinte, daß man in zwei Stunden die Mündung erreichen könnte. Ohne Unfall gelangten sie durch die Enge und trieben nun auf dem glatten, schnellfließenden Wasser dahin. Pfadfinder hatte allen das tiefste Schweigen auferlegt; man vernahm nichts, als das Plätschern der Flut am Ufergestein und gelegentlich den Ruf eines Nachtvogels im Walde. Plötzlich glaubte des Jägers scharfes Ohr das Knacken eines Zweiges am westlichen Ufer zu hören.

„Das war der Fußtritt eines Menschen, wenn ich mich nicht sehr täusche,“ sagte er leise zu Jasper, dessen Boot neben dem seinen trieb. „Sollten die verwünschten Irokesen ohne Kanoe den Fluß überschritten haben?“

„Vielleicht ist es der Delaware,“ versetzte der junge Schiffer. „Laßt mich näher ans Land fahren und rekognoscieren.“

„Thut das, mein Junge; vermeidet aber jedes Geräusch mit dem Ruder und wagt Euch unter keiner Bedingung aufs Ungewisse aus dem Kanoe.“

Jasper glitt in die Finsternis hinein und war den andern bald aus den Augen, die ohne Aufenthalt flußabwärts weiter trieben. Nach einer Weile glaubte Pfadfinder wiederum knackende Zweige und sogar auch murmelnde Stimmen zu vernehmen.

„Ich mag mich irren,“ sagte er, „denn man glaubt so gern, was das Herz wünscht; es war mir aber, als hörte ich den Delawaren leise sprechen.“

Alle lauschten mit verhaltenem Atem.

„Ich sehe etwas auf dem Wasser!“ flüsterte Mabel, die seit Jaspers Verschwinden keinen Blick von der Uferseite verwendet hatte.

„Es ist das Kanoe,“ versetzte der Jäger. „Alles muß gut stehen, sonst hätten wir etwas von dem Jungen gehört.“

Gleich darauf schwammen die beiden Fahrzeuge wieder nebeneinander; Jasper stand im Stern des seinen, im Buge desselben aber saß eine zweite Gestalt, in welcher Pfadfinder und Mabel sogleich den Delawaren erkannten.

„Chingachgook! Mein Bruder!“ rief der Jäger mit bebender Stimme in der Muttersprache des Freundes. „Häuptling der Mohikaner, mein Herz ist hoch erfreut! Oft haben wir in Kampf und Blut bei einander gestanden, schon aber fürchtete ich, daß dies nie wieder geschehen sollte!“

„Hugh!“ antwortete der Häuptling. „Die Mingos sind Weiber! Drei ihrer Skalpe hängen an meinem Gürtel.“

„Bist Du unter ihnen gewesen, Häuptling? Was wurde aus dem Krieger im Flusse?“

„Der ist ein Fisch geworden und liegt auf dem Grunde bei den Aalen. Mögen seine Brüder ihre Angeln nach ihm auswerfen. Ich habe die Feinde gezählt und ihre Büchsen berührt, Pfadfinder.“

Und nun berichtete er, wie er nach Überwindung seines Gegners ans Land geschwommen war, sich in der Dunkelheit unter die Irokesen gemischt und, auf eine Anfrage, für Pfeilspitze ausgegeben hatte, den er vorher unter den Feinden bemerkt. Er erlauschte ferner, daß die Mingos ausgezogen seien, um Mabel und ihren Onkel abzufangen, den sie für einen Mann von Rang und Ansehen hielten.

Pfadfinder teilte den andern das Gehörte mit, während die Kanoes schneller und schneller dahinschossen, dem letzten kleinen Falle zu, der noch vor der Flußmündung zu passieren war. Derselbe wurde glücklich überwunden und nach längerer Fahrt auf dem jetzt still und eben fließenden Strom wurde in der Ferne ein dumpfes, donnerndes Rauschen vernehmbar, das Jasper für die Brandung am Gestade des Ontario erklärte. Bald darauf landete man in einer kleinen Bucht; die Anrufe von Schildwachen ertönten, ein dunkler Wall ragte empor, eine Pforte öffnete sich, und ehe Mabel noch recht wußte, was mit ihr und um sie her vorging, lag sie in den Armen ihres Vaters, den sie so lange Jahre nicht gesehen hatte.

Am Ontario

Das Fort Oswego, so benannt nach dem gleichnamigen Flusse, an dessen Mündung es lag, war zur Zeit unserer Erzählung einer der entlegensten Grenzposten der britischen Besitzungen in Nordamerika. Die Befestigungswerke bestanden aus rasenbewachsenen Erdwällen, Pallisaden und einem Graben; innerhalb derselben befanden sich ein Exerzierplatz, Blockhäuser für die aus einem Bataillon bestehende Besatzung und einige ebenfalls aus Holz aufgeführte Wohngebäude.

Am Morgen nach ihrer Ankunft erstieg Mabel eine der Bastionen, um ihren neuen Aufenthaltsort und dessen Umgebung gleichsam aus der Vogelschau zu betrachten. Im Süden des Forts dehnte sich der Wald aus, in welchem sie eine so lange und mühevolle Reise zurückgelegt und so viele Gefahren bestanden hatte, jener endlose Urwald, an dessen Tiefen sie nicht ohne einen leisen Schauder zurückdachte. Als sie sich umwendete, fächelte eine frische Brise ihre Wange, die sie lebhaft an den fernen Ocean erinnerte, und mit Entzücken überflog ihr Auge den unerwarteten Anblick, der sich ihr jetzt darbot. Nach Norden, nach Osten und Westen dehnte sich eine unabsehbare, leicht bewegte Wasserfläche aus. Die Flut zeigte weder die grüne Farbe, die den amerikanischen Gewässern im allgemeinen eigen ist, noch auch die blaue des Oceans; in ihren lichtbräunlichen, klaren Tinten erinnerte sie vielmehr an den Schimmer des Bernsteins. Außer der nahen bewaldeten Küste war kein Land zu sehen, und dumpf erdonnernd rollte die Brandung gegen den hier und da felsigen und in vielfache Buchten zerrissenen Strand an.

Obgleich Mabel Dunham nur das Kind eines einfachen Sergeanten war, so erfreute sie sich dennoch einer gewissen Bildung. Nach dem frühen Tode ihrer Mutter, Onkel Caps Schwester, hatte die Witwe eines Offiziers aus demselben Regiment die kleine Waise mit sich nach England genommen und sie daselbst mit Liebe und Sorgfalt erzogen, so lange, bis der Vater das inzwischen herangewachsene Kind wieder bei sich zu haben wünschte. Die feinsinnige Pflegemutter hatte in dem Mädchen den Sinn für alles Gute und Schöne erweckt und gepflegt und sein Herz für die Herrlichkeiten der Gottesnatur empfänglich gemacht.

„Wie schön!" rief Mabel unwillkürlich aus, „wie wunderbar großartig und erhaben!"

Ihre Gedanken wurden unterbrochen durch die Berührung eines Fingers, der sich auf ihre Schulter legte. Sie wendete sich und erblickte Pfadfinder an ihrer Seite. Er stand auf seine lange Büchse gestützt, lachte in seiner lautlosen Weise vor sich hin und deutete mit dem Arm über das ganze Panorama von Land und Wasser.

„Da habt Ihr meinen und Jaspers Wirkungskreis," sagte er. „Der See gehört ihm, der Wald ist mein. Manchmal rühmt sich der Junge der Größe seines Reiches, dann aber sage ich ihm, daß der Wald ebensoviel von der Erdoberfläche einnimmt, wie all sein Wasser."

Mabel nickte lächelnd, dann aber schaute sie dem Jäger ernst und innig in das treue Auge. „Ich danke Euch für alles, was Ihr für mich gethan habt, Pfadfinder," sagte sie. „Aus dem Grunde meines Herzens danke ich Euch und versichere Euch, daß auch mein Vater alles erfahren soll. Schon habe ich ihm viel, und doch auch erst nur so wenig mitgeteilt."

„Was ist da mitzuteilen?" versetzte der Jäger. „Der Sergeant kennt den Wald und auch die Rothäute, was wollt Ihr ihm da noch erzählen? Wie habt Ihr Euren Vater gefunden? So wie Ihr ihn Euch vorgestellt hattet?"

„Er empfing mich, wie ein lieber, zärtlicher Vater und ein Soldat sein Kind empfangen mußte. Kennt Ihr ihn schon lange, Pfadfinder?"

„Ich war zwölf Jahre alt, als der Sergeant mich zum erstenmal als Kundschafter verwendete; seitdem sind mehr als zwanzig Jahre vergangen. Wir haben zusammen viel erlebt, und wenn die Handhabung der Büchse nicht eine meiner natürlichen Gaben wäre, dann hättet Ihr heute keinen Vater.“

„Erklärt Euch deutlicher.“

„Wir fielen in einen Hinterhalt, der Sergeant erhielt eine böse Wunde und hätte wohl auch seinen Skalp verloren, wenn ich, wie gesagt, nicht mit einer gewissen Geschicklichkeit in der Führung der Büchse geboren worden wäre. Wir brachten ihn in Sicherheit, und nun sagt selbst, ob er nicht für einen Mann in seinen Jahren noch den stattlichsten Haarwuchs im ganzen Regiment hat.“

„Ihr habt meines Vaters Leben gerettet, Pfadfinder,“ rief Mabel, des Jägers harte, sehnige Hand ergreifend, „dafür, wie auch für Eure andern guten Thaten, wird Gott Euch reichlich segnen!“

„Ich sagte vielleicht zuviel,“ entgegnete dieser; „den Skalp habe ich dem Sergeanten gerettet, aber man kann auch ohne Skalp leben. Mit ganz anderm Recht kann Jasper sagen, daß er Euer Leben bewahrte, denn nur sein Arm und sein Auge konnten in einer so finstern Nacht, wie die letzte war, das Kanoe sicher durch die letzte Stromschnelle bringen. Dort unten ist er, in der Bucht bei den Kanoes; seht nur, wie er mit seinem Kutter, der ›Wolke‹, liebäugelt. Nach meiner Meinung giebt es keinen hübscheren Burschen weit und breit, als Jasper Western.“

„Das also ist Jaspers Fahrzeug?“ versetzte Mabel, auf die Bucht hinabblickend, in der neben einer Anzahl kleinerer Boote die ›Wolke‹ vor Anker lag. Der Kutter war ein schönes, schlankes und mit größter Nettigkeit aufgetakeltes Schiffchen von etwa vierzig Tonnen Raumgehalt; seine dunkle Farbe und der lange Wimpel kennzeichneten ihn als ein Fahrzeug im Dienste des Königs. „Giebt es noch mehr solcher Schiffe hier auf dem See?“ fragte das Mädchen weiter.

„Die Franzosen haben drei; eins davon soll ein richtiges Oceanschiff sein, das andere ist eine Brigg und das dritte ein Kutter wie unsere

›Wolke‹. Sie nennen ihn das ›Eichhorn‹; das Vieh scheint auf die ›Wolke‹ nicht gut zu sprechen zu sein, denn läßt sich Jasper mit ihr draußen blicken, dann ist es ihr auf den Fersen.“

„Was? Jasper macht sich doch nicht etwa vor einem Franzosen davon?“ rief das Mädchen.

„Wenn das das klügste ist, warum nicht?“ lächelte der Jäger. „Was nützt ihm alle Tapferkeit, wenn er damit nichts erreicht? An Jaspers Mut zweifelt kein Mensch, aber die ganze Bewaffnung seines Kutters ist eine kleine Haubitze, und die Mannschaft besteht, außer ihm selber, aus zwei Matrosen und einem Jungen. Doch da kommt Meister Cap herauf, der will sich auch unsern See anschauen.“

Mabels Onkel, der seine Ankunft durch ein lautes Räuspern verkündet hatte, begrüßte die beiden mit kurzem Nicken und stieg dann ohne weiteres auf eine der alten, eisernen Kanonen, von wo er, die Arme gekreuzt und den Pfeifenstummel im Munde, die Wasserfläche einer Besichtigung unterzog.

„Das also ist Euer See,“ begann er nach einer Weile. „Wie? Ist das wirklich Euer See?“

„Gewiß, und ein See, der sich sehen lassen kann, wenn anders ein Mann, der an den Ufern vieler anderer großen Gewässer gelebt hat, sich ein Urteil erlauben darf,“ antwortete der Jäger.

„Gerade wie ich's erwartete,“ versetzte Meister Cap geringschätzig. „Nach Umfang ein Teich und dem Geschmack nach Abwaschwasser. Ich sagte es ja immer, im Binnenlande findet man nichts Ausgewachsenes und Brauchbares. Ich wußte ja, wie's kommen würde.“

„Aber was fehlt denn dem Ontario, Meister Cap? Er ist groß, schön anzusehen und gut zu trinken, wenn man kein Quellwasser haben kann; was wollt Ihr mehr?“

„Groß nennt Ihr das?“ entgegnete Cap, mit der Pfeife durch die Luft fahrend. „Was ist denn hier groß? Hat nicht Jasper selber gesagt, daß der Teich höchstens zwanzig Stunden im Durchmesser hat?“

Die Gegenreden, an denen Mabel und Pfadfinder es nicht fehlen ließen, machten den halsstarrigen und voreingenommenen alten Seebären nur noch widerhaariger, und da es ihm an Geschwätzigkeit nicht fehlte, so bildete er sich schließlich ein, seine verkehrten Ansichten höchst erfolgreich verfochten zu haben.

„Was ist das für ein Ding, das da unten in der Bucht vor Anker liegt?“ fragte er, als man seinen thörichten Behauptungen endlich nicht mehr widersprach.

„Das ist Jaspers Kutter, Onkel,“ versetzte Mabel, froh, den Gegenstand des Gesprächs wechseln zu können. „Ein schönes Schiff, nicht wahr? Es heißt die ›Wolke‹.“

„Hm, der Kahn an sich ist kaum der Rede wert, aber für diesen sogenannten See immerhin gut genug. Er hat ein festes Bugspriet, wie ich bemerke; nun sage mir einer, wer hat jemals einen Kutter mit einem festen Bugspriet gesehen?“

„Mag das nicht seinen guten Grund haben, Onkel, auf solch einem See?“

„Möglich; ja ja, ich darf nicht vergessen, daß dies Wasser nicht der Ocean ist, obgleich es ihm verdammt ähnlich sieht.“

„Aha, Onkel!“ lachte Mabel. „Nicht wahr, der Ontario sieht wirklich wie der Ocean aus, sei einmal ehrlich, Onkel Cap!“

„In deinen Augen, meine ich, Magnet, und in Pfadfinders Augen; meine eigene Ansicht kennst du ja,“ brummte der alte Seemann unwirsch und halb verlegen. „Also Jasper segelt den Kahn? Da muß ich eine Fahrt mit ihm machen, so als Kuriosum, weißt du, Magnet.“

„Dazu kann Euch bald Gelegenheit werden,“ bemerkte der Jäger. „Der Sergeant wird sich demnächst mit einem Kommando einschiffen, um ein auf den Tausend Inseln postiertes Detachement abzulösen; ich hörte ihn sagen, daß er Mabel mitnehmen wollte, da könnt Ihr Euch ja anschließen.“

„Ist das so, Magnet?“ fragte der Onkel.

„Ich glaube wohl,“ antwortete das Mädchen. „Aber du kannst es vom Vater selber hören, dort kommt er.“

Der Sergeant Dunham war ein Mann, dessen Äußeres sowohl wie auch sein ganzes Wesen trotz seines untergeordneten Ranges Achtung einflößte; jedermann wußte, daß der Befehlshaber des Forts, der Major Duncan of Lundie, den alten, erprobten Sergeanten höher schätzte, als die meisten seiner Offiziere.

„Guten Morgen, Bruder Cap,“ sagte der alte Soldat, die Hand an den Hut legend. „Ich komme, um dir noch einmal zu danken. Du hast eine lange und beschwerliche Reise um unserer Mabel willen gehabt, ich werde dir deine Liebe nicht so leicht vergelten können.“

„Hat gar nichts zu sagen. Bruder Dunham,“ entgegnete der Seemann ablehnend. „Ich höre übrigens, daß dir bald der Befehl zum Ankerlichten zugehen wird und daß du nach einem Teil der Welt unter Segel gehen sollst, der aus tausend Inseln besteht. Ist das so?“

„Ja, Bruder. Wir haben ein Detachement abzulösen und ich denke Mabel mitzunehmen, damit das Mädel mir die Suppe da draußen kocht; wenn du dir einen Monat lang Soldatenkost gefallen lassen willst, dann bist du willkommen.“

„Ich wäre nicht abgeneigt, vorausgesetzt, daß wir nicht durch Wälder und Sümpfe zu marschieren haben.“

„Wir segeln in der ›Wolke‹, das wird dir, dem das Wasser zur zweiten Natur geworden ist, angenehmer sein.“

„Salzwasser, Bruder, Salzwasser, nicht Euer Teichwasser. Wenn Ihr jemand braucht, der das kleine Ding von Kutter zu handhaben versteht, dann will ich mit Euch an Bord gehen, obwohl ich eigentlich solch eine Fahrt auf diesem Tümpel für weggeworfene Zeit halte.“

„Deine Dienste brauchen wir nicht, Bruder Cap, da Jasper die ›Wolke‹ sehr wohl zu führen versteht; Deine Gesellschaft aber wird uns sehr willkommen sein. Richte dich jedoch darauf ein, mehrere Wochen von hier abwesend zu sein.“

Cap beschloß, sich die Sache zu überlegen und nach einem längeren Rundgange über die Wälle traten alle drei den Rückweg nach der Blockhütte des Sergeanten an.

Eine Woche verstrich. Nach Ablauf derselben ließ der alte Major Duncan of Lundie eines Abends den Sergeanten zu sich rufen, um die Expedition zur Ablösung des Detachements mit demselben zu besprechen.

„Alle die alten Subalternen sind nacheinander auf den Tausend Inseln gewesen,“ sagte der Veteran zu seinem Untergebenen, „wenigstens die, denen ich vertrauen konnte, und nun seid Ihr an der Reihe. Der Lieutenant Muir bat mich, ihn diesmal dorthin zu schicken, er ist jedoch unser Quartiermeister, den wir kaum entbehren können, und da muß ich mir die Sache noch überlegen. Ich könnte ihn vielleicht als überzähligen Freiwilligen mitgehen lassen – nun, wollen sehen. Sind die Mannschaften ausgewählt?“

„Alles in Ordnung, Euer Ehren,“ antwortete der Sergeant.

„Gut; übermorgen, oder besser, noch morgen Abend müßt Ihr absegeln. Es wäre klug, die Dunkelheit zur Abreise zu wählen.“

„Das ist auch Jaspers Meinung, Euer Ehren, und ich kenne keinen Menschen, der in solchen Dingen zuverlässiger wäre, als Jasper Western.“

„Der junge Schiffer, den sie hier Süßwasser nennen, hm,“ sagte der Major. „Muß der dabei sein?“

„Ohne Jasper Süßwasser hat die ›Wolke‹ noch niemals den Hafen verlassen,“ versetzte der Sergeant.

„Schon richtig, aber jede Regel hat ihre Ausnahmen. Habe ich da nicht während der letzten Tage einen seefahrenden Mann im Fort gesehen?“

„Das ist mein Schwager Cap, Euer Ehren, der meine Tochter hierher geleitet hat.“

„Nun, warum geben wir dem nicht das Kommando der ›Wolke‹ und lassen den Jasper Süßwasser diesmal zurück? Eurem Schwager wäre die

Binnenseefahrt vielleicht eine Abwechslung und Ihr hättet eine angenehme Gesellschaft."

„Ich wollte Euer Ehren schon um die Erlaubnis bitten, ihn mitnehmen zu dürfen, dann aber auch nur als Freiwilligen. Jasper Western kann ohne Grund nicht vom Kommando entbunden werden, Cap aber verachtet jedes Wasser, das nicht salzig ist, zu sehr, um darauf Dienste zu nehmen."

„Nun, meinetwegen; macht das, wie Ihr wollt. Geht der Pfadfinder auch mit?"

„Mit der Einwilligung von Euer Ehren, ja. Wir werden für beide Kundschafter, den Indianer wie den Weißen, Verwendung haben."

„Gut, Sergeant. Ich wünsche Euch Glück zu der Expedition. Vergeßt nicht, daß der Posten zerstört werden muß, wenn Ihr abberufen werdet. Ich danke Euch."

Der Sergeant machte stramm Kehrt und wollte soeben das Gemach verlassen, als der Major ihn noch einmal zurückrief.

„Da hätte ich beinahe etwas vergessen, Dunham," sagte der Veteran. „Auf den Wunsch der jüngeren Offiziere wird morgen ein Wettschießen abgehalten werden, bei dem es ein silberbeschlagenes Pulverhorn, eine ebensolche Feldflasche und einen schönen, seidenen Damenhut zu erwerben giebt. Den letzteren mag der Gewinner seiner Auserwählten schenken. Jeder büchsenkundige Mann darf sich beteiligen. Und noch eins. Ich denke, ich thue dem Lieutenant Muir den Gefallen und lasse ihn mit nach den Tausend Inseln gehen. Es scheint ihm viel daran zu liegen. Auf Wiedersehen, Dunham."

Am nächsten Tage fand auf einem freien Platz am Seeufer das Wettschießen statt. Zuerst galt es, den besten Schuß nach der Scheibe zu thun; hier blieb der Kampf unentschieden, da die drei Beteiligten, Jasper, Muir und Pfadfinder, ihre Kugeln in ein und dasselbe Loch schossen, was der Letztgenannte allerdings mit Absicht gethan. Bei dem zweiten Gange war ein Nagel durch die Kugel ins Holz zu treiben; Muir streifte denselben, Jasper und Pfadfinder aber trafen ihn mitten auf den Kopf.

Nunmehr kam der Kartoffelschuß an die Reihe. Eine mittelgroße Kartoffel wurde zwanzig Ellen vom Schießstand entfernt in die Luft geworfen und der Schütze mußte dieses Ziel entweder streifen, oder durchbohren. Muir fehlte diesmal gänzlich; Pfadfinder, der sehr wohl wußte, daß Jasper für sein Leben gern den Preis dieses Wettkampfes, den Seidenhut, davongetragen hätte, um Mabel Dunham damit ein Geschenk zu machen, beschränkte sich edelmütig darauf, die Schale nur zu streifen, und so errang Jasper, der ein tüchtiger Schütze war, den Sieg, indem er die Kartoffel regelrecht durchschoß. Der Preis wurde dem jungen Schiffer ausgehändigt und dieser überreichte ihn sogleich vor allem Volke der lieblichen Mabel, zum großen Ärger nicht nur der anwesenden Offiziersdamen, sondern auch des Quartiermeisters Muir, der den schönen Hut am liebsten selber der Tochter des Sergeanten dargebracht hätte.

Am Abend desselben Tages aber ging die ›Wolke‹ unter Segel.

Schlimmer Verdacht

Die Einschiffung war schnell vor sich gegangen, denn die ganze Streitmacht, über die der Sergeant Dunham zu verfügen hatte, bestand nur aus zehn Gemeinen und zwei Korporalen; hierzu kamen noch der Lieutenant Muir als Freiwilliger, ferner der Pfadfinder und Cap und schließlich Jasper und seine Mannschaft, zusammen neunzehn Mannsleute und zwei Frauen, denn außer Mabel ging noch eine Soldatenfrau mit an Bord.

„Wird die ›Wolke‹ bei uns bleiben, wenn wir auf der Insel angelangt sind?“ fragte das junge Mädchen den Pfadfinder, als derselbe im Abendschein, wie immer auf seine getreue Büchse gelehnt, neben ihr an Deck stand. „Oder läßt man uns dort ganz allein?“

„Das kommt darauf an,“ antwortete der Jäger. „Jasper läßt sein Fahrzeug nicht gern müßig liegen, und wo es etwas zu thun giebt, da fehlt er nicht.

Er findet Euch eine Fährte auf dem Ontario so leicht, wie ein Delaware eine Spur im Walde entdeckt.“

„Und wo bleibt unser Delaware, Pfadfinder, die Große Schlange? Warum ist der Häuptling nicht bei uns?“

„Wenn Ihr mich fragtet, warum ich hier bin, dann wäre das richtiger,“ versetzte der Jäger. „Der Mohikaner ist da, wo er hingehört, was ich von mir nicht sagen kann. Er befindet sich mit noch einigen Andern auf Kundschaft an den Seeufern und wird uns an unserm Bestimmungsort Nachricht geben von dem, was er entdeckte. Der Sergeant ist ein guter Soldat; während er den Feind vor sich hat, vergißt er nicht, sich im Rücken zu sichern. Schade, Mabel, daß Euer Vater kein General ist, dann hätten wir längst keinen Franzosen mehr in Kanada.“

„Werden wir es denn mit den Feinden zu thun haben?“ fragte das Mädchen, zum erstenmal an die Möglichkeit einer bevorstehenden Gefahr denkend.

„Wenn es zu einem Scharmützel kommen sollte, dann verlaßt Euch darauf, daß Männer genug da sind, die Euch gegen jede Gefahr schützen werden. Ihr seid eines tapfern Soldaten Kind und wir alle wissen, daß Ihr des Vaters mutiges Herz geerbt habt. Ihr werdet Euch daher keine Minute Schlaf durch unnötige Furcht rauben lassen.“

Sie redeten noch eine Zeitlang weiter, und wenn sich in Mabels Brust anfänglich eine leise Beunruhigung geregt hatte, so war dieselbe doch bald wieder vor dem treuen, männlichen Blick und den zuversichtlichen Worten des Jägers verschwunden.

Inzwischen hatte der Sergeant auf der Bastion des Forts eine letzte Unterredung mit dem Kommandanten.

„Habt Ihr die Tornister der Leute untersucht, Dunham?“ fragte der Major, seinen Blick zum Kutter hinab schweifen lassend und dann den Rapport überfliegend, den der Sergeant ihm gereicht hatte.

„Alles in Ordnung, Euer Ehren.“

„Und die Munition, die Waffen?“

„Alles in Ordnung, Euer Ehren."

„Und die Leute sind die von mir auserwählten?"

„Jawohl; bessere giebt es nicht im ganzen Regiment."

„Ihr braucht auch tüchtige Menschen, lieber Freund. Dreimal haben wir bis jetzt dieses Experiment versucht, und jedesmal ist es unter den Fähnrichen, die ich damit betraute, mißglückt. Jetzt machen wir den letzten Versuch und das Gelingen desselben wird lediglich von Euch und dem Pfadfinder abhängen."

„Euer Ehren kann sich auf uns beide verlassen; ich fühle mich der Aufgabe gewachsen, und was den Pfadfinder anlangt, so ist der Mann geradezu unschätzbar."

„Ich weiß, Sergeant, ich weiß. Seit ich diesen außerordentlichen Mann kennen gelernt habe, achte ich keinen General höher, als ihn. Aber da ist dieser Jasper Süßwasser, oder Eau-Douce, wie die Franzosen ihn nennen; seid Ihr von der Ehrenhaftigkeit und Tüchtigkeit dieses Menschen überzeugt?"

„Die Tüchtigkeit Jaspers hat bisher jede Probe bestanden, Euer Ehren, und auch sonst halte ich ihn für einen braven Jungen."

„Er hat einen französischen Beinamen, das gefällt mir nicht, auch hat er seine Kindheit in den französischen Kolonien verlebt. Ob wohl Franzosenblut in seinen Adern ist?"

„Kein Tropfen, Euer Ehren. Jaspers Vater war ein alter Kamerad von mir, und seine Mutter stammte aus einer gut englischen Familie."

„Wie ist er dann aber unter die Franzosen geraten? Und woher dieser Beiname Eau-Douce? Er soll auch geläufig französisch sprechen."

„Das ist leicht erklärt, Euer Ehren. Jasper ist von Jugend auf Seefahrer gewesen, da wir aber keine nennenswerten Häfen am Ontario besitzen, so war es ganz natürlich, daß der Junge sich meist auf der andern Seite aufhielt, wo die Franzosen schon seit fünfzig Jahren Schiffahrt treiben.

Daher seine Kenntnis jener Sprache und auch sein Beiname, den ihm die Kanadier und Indianer gegeben haben, wie das ja so Brauch ist.“

„Das läßt sich hören, Sergeant, trotzdem aber geht mir das Französische an dem Kerl gegen den Strich. Ihr wißt, wie ich die leichtsinnige Sippschaft hasse. Ich wüßte freilich keinen besseren Führer für die ›Wolke‹; als solcher hat er ja stets seine Schuldigkeit gethan.“

„Gewiß, Euer Ehren; es thut mir leid, daß Ihr Mißtrauen gegen den Jasper Eau-Douce hegt.“

„Man kann als verantwortlicher Befehlshaber eines solchen wichtigen und entlegenen Platzes, wie dieses Fort ist, nicht vorsichtig genug sein, Dunham. Wir haben es mit dem verschlagensten und listigsten Gesindel zu thun, das die Welt kennt – mit Franzosen und Indianern, und dürfen daher keinen Umstand außer Acht lassen, an den ein Schatten von Verdacht sich knüpft. Zudem habe ich jüngst eine anonyme Mitteilung erhalten, die mir empfiehlt, vor Jasper Eau-Douce, oder Jasper Western, auf der Hut zu sein; es wird behauptet, daß derselbe vom Feinde erkauft sei, worüber genauere Einzelheiten mir noch zugehen sollen.“

„Auf Briefe ohne Unterschrift soll man im Kriege nichts geben, Euer Ehren.“

„Auch in Friedenszeiten nicht, Dunham, das weiß ich wohl. Ein anonymer Denunziant ist gewöhnlich ein Mensch von niedrigster Gesinnung, ein Feigling und ein Schuft, allein in Kriegszeiten darf man unter Umständen dergleichen Angebereien doch nicht ganz in den Wind schlagen, zumal wenn auf gewisse Thatsachen hingewiesen wird, die allerdings verdächtig sein können.“

„Darf unsereiner davon erfahren, Euer Ehren?“

„Gewiß, Dunham, Ihr besitzt mein volles Vertrauen. Der Briefschreiber sagt, daß Eure Tochter und ihre Begleitung nur deshalb den Irokesen entwischen durften, um den Jasper bei mir ins Vertrauen zu bringen, ferner, daß den Franzosen drüben in Frontenac mehr daran läge, die

›Wolke‹ nebst den Sergeanten Dunham und seine Soldaten, als ein junges Mädchen und den Skalp ihres Onkels zu erbeuten.“

„Davon glaube ich kein Wort, Euer Ehren. Auf Jasper baue ich fast ebenso fest, wie auf den Pfadfinder.“

„Dennoch ist ein großer Unterschied zwischen den beiden, Sergeant. Wenn der Junge nur nicht das verdammte Französisch spräche!“

„Er spricht es ja leider, aber dafür kann er nicht.“

„Es ist eine ganz vermaledeite Sprache! Wenn ich einen Ersatzmann wüßte, hol's der Teufel, ich nähme dem Eau-Douce das Kommando des Kutters ab! Da fällt mir ein – Euer Schwager ist ja wohl ein Seemann?“

„Ja, Euer Ehren; der aber hat ein Vorurteil gegen alles Süßwasser; auch würde er die Inselstation nimmermehr finden können.“

„Das glaube ich wohl. Ihr müßt daher doppelt wachsam sein, Dunham. Ich gebe Euch jegliche Vollmacht, ertappt Ihr den Jasper auf der geringsten Verräterei, dann legt ihn sofort in Eisen und schickt ihn mir her. Den Rückweg wird Euer Schwager ja wohl finden können.“

„Es soll alles geschehen nach Euer Ehren Befehl; für Jaspers Treue aber möchte ich mit meinem Leben bürgen.“

„Dieses Vertrauen steht Euch gut an, Sergeant, aber ich warne Euch noch einmal: seid auf der Hut! Und nun lebt wohl. Noch eins: Habt Ihr die Haubitze nicht vergessen?“

„Die hat Jasper heute früh an Bord geschafft.“

„Gut. Seid ja recht vorsichtig, Dunham. Wie steht's mit den Flintensteinen?“

„Alles in Ordnung, Euer Ehren.“

„Gut. Gebt mir Eure Hand, Dunham. Gott sei mit Euch, Sergeant, und gebe Euch Erfolg. Und behaltet mir den Jasper im Auge. Im Notfall zieht den Lieutenant Muir zu Rate. Heute über vier Wochen hoffe ich Euch wohlbehalten wieder zu sehen.“

„Der Herr behüte Euer Ehren; sollte mir etwas zustoßen, dann hoffe ich, daß mein Major mich in gutem Gedächtnis behält.“

„Verlaßt Euch auf Euren alten Freund, Sergeant. Und seid vorsichtig, hört Ihr? Vergeßt nicht, daß Ihr Euch in den Rachen des Löwen, was sage ich, in die Zähne und Klauen blutgieriger Tiger begebt. Zählt morgen früh die Flintensteine noch einmal, und nun lebt wohl, Dunham, lebt wohl!“

Der Sergeant drückte des Majors Hand und ging. Eine halbe Stunde später war die ›Wolke‹ unter Segel. Bei der ersten Gelegenheit führte Dunham den Jäger in die kleine Kajüte und teilte ihm den Argwohn des Majors gegen Jasper mit. Pfadfinder hörte ihm erstaunt, kopfschüttelnd und ungläubig zu. „Dem Jasper traue ich nicht eher etwas Böses zu, bis ich ihn darauf ertappe,“ sagte er endlich. „Laßt Euren Bruder Cap holen, Sergeant, daß wir dessen Ansicht hören. Mißtrauen gegen einen Freund im Herzen ist so schlimm, wie eine Kugel in der Brust.“

Cap erschien und der Jäger setzte ihn von dem Verdacht in Kenntnis, dem der Kommandant dem Sergeanten gegenüber Worte verliehen hatte.

„Also der Junge schnackt französisch?“ fragte der Seemann.

„Das thut er,“ nickte der Sergeant, „und das ist schlimm. Er spricht die vertrackte Sprache so fließend, als habe er zeitlebens keine andere geredet. Frage den Pfadfinder, ob's nicht so ist.“

„Das läßt sich nicht leugnen,“ sagte der Jäger, „das aber beweist nichts, wenigstens nichts gegen einen Mann wie Jasper. Ich zum Beispiel spreche die Mingosprache; wer aber wollte deswegen behaupten, daß ich ein Freund der Mingos sei?“

„Das wird keinem einfallen,“ versetzte Cap. „Wenn aber hier ein junger Mensch französisch schnackt, und noch dazu auf diesem Süßwasserteich, so ist das verdächtig. Auf dem Atlantischen Ocean wär's anders, da muß man mit fremden Lotsen und allerlei anderm ausländischen Volk reden, und doch sieht man auch da noch jeden mit Argwohn an, der zu viel von jener nichtswürdigen Sprache versteht; hier auf dem Ontario jedoch ist das ein höchst verdächtiger Umstand.“

„Das mag Eure Ansicht sein, Meister Cap,“ entgegnete der Jäger. „Wenn ich aber Jasper Western für einen Verräter halten soll, dann muß ich seinen Verrat erst sehen und greifen können.“

„Da seid Ihr schief gewickelt, Pfadfinder; viel besser als durch sehen und greifen lassen sich Dinge durch sogenannte Indicien beweisen. Fragt nur einmal die Rechtsgelehrten.“

„Indicien kenne ich nicht und mit den Rechtsgelehrten will ich nichts zu thun haben. Auf Jasper aber lasse ich nichts kommen,“ versetzte der Jäger.

„Von Indicienbeweisen habe auch ich schon gehört,“ bemerkte der Sergeant; „ich will nur hoffen, daß sie gegen Jasper nicht nötig werden. Jedenfalls müssen wir Augen und Ohren offen halten. Was für Unruhe solch ein elender Denunziant einem verursachen kann! Sollte es zum schlimmsten kommen, Bruder, dann rechne ich in Bezug auf die Führung des Schiffes auf dich.“

„Das kannst du, Sergeant. Dann sollst du auch erfahren, was dieser Kutter unter den Händen eines wirklichen Seemannes zu leisten vermag.“

Pfadfinder stieß einen tiefen Seufzer aus. „Jasper ist unschuldig,“ sagte er, „darauf lebe und sterbe ich. Das einfachste wäre, man fragte ihn Auge in Auge, ob er ein Verräter ist, oder nicht.“

„Das geht nicht an,“ erwiderte der Sergeant. „Ich trage alle Verantwortung, daher muß ich verlangen, daß ohne mein Wissen zu niemand ein Wort über diese Sache geredet wird. Vorläufig haben wir nichts zu thun, als auf etwaige Indicien, wie mein Schwager sagt, zu achten.“

„Sehr richtig,“ bekräftigte Cap. „Ein einziges Indicium ist fünfzig Thatsachen wert, sage ich dir, Bruder. So steht es im Gesetz. Indicienbeweise haben schon unzählige Leute an den Galgen gebracht.“

Damit endete die Unterredung; man begab sich wieder an Deck, fest entschlossen, Jaspers Benehmen und Thun auf das schärfste zu beobachten, um daraus, jeder auf seine Art, Schlüsse zu ziehen.

Der Sturm

Inzwischen hatte sich eine frische Brise aufgemacht, und gerade als die drei aus der Kajüte heraufkamen, gab Jasper den Befehl, die Schooten ein wenig zu vieren und näher unter Land zu steuern.

„Ihr habt doch nicht etwa die Absicht, Freund, unsern Nachbarn, den Franzosen, einen Besuch abzustatten?" sagte der Lieutenant Muir scherzend, indem er nach dem Gestade deutete. „Aber nichts für ungut, ich weiß ja, daß Ihr ebenso schlecht auf die Kanadier zu sprechen seid, wie ich selber.“

„Ich lasse des Windes wegen so dicht unter Land halten, Mr. Muir,“ antwortete Jasper. „Der Landwind ist unweit der Küste stets am stärksten, allerdings darf man nicht so nahe kommen, daß die Bäume ihn wegfangen. Ich denke mit dieser Brise bis zu den ersten Inseln zu gelangen; hernach sind wir ziemlich sicher, daß kein Boot von Frontenac uns mehr erspäht und verfolgt.“

„Glaubt Ihr, daß die Franzosen Kundschafter auf dem See haben, Jasper?“ fragte Pfadfinder.

„Ich weiß das bestimmt,“ versetzte der junge Schiffer. „Montag Abend kam einer bis nach Oswego. Ein Kanoe legte am östlichen Vorland an und landete einen Offizier und einen Indianer. Wäret Ihr, wie gewöhnlich, auf der Streife gewesen, Pfadfinder, dann hätten wir sicher einen von ihnen, auch wohl gar beide, abgefangen.“

Der Jäger errötete, weil er sich sagen mußte, daß er jenen Abend in der angenehmen Gesellschaft Mabels und ihres Vaters zugebracht hatte.

„Das war eine schwere Versäumnis von mir, Jasper,“ sagte er, „und es ist recht, daß Ihr mir deswegen Vorwürfe macht.“

„Das fällt mir nicht ein, Pfadfinder, auch habe ich dazu kein Recht. Ein Mann, der wie Ihr sich oft Wochen und Monate lang keinen Augenblick Ruhe gönnt, darf wohl einmal eine Abendstunde für sich verwenden.“

„Sagt uns doch, Meister Süßwasser,“ fiel Cap ein, „woher wißt Ihr denn, daß am Montag Abend französische Spione uns so nahe gewesen sind?“ Und den Sergeanten anstoßend, raunte er diesem zu: „Das sieht auf ein Haar wie ein Indicium aus!“

„Ich weiß es, weil tags darauf die Große Schlange die Fährte fand, und zwar die Spuren eines militärischen Stiefels und eines Mokassins. Außerdem sah einer unserer Jäger das Kanoe nach Frontenac zurückfahren.“

„Warum machtet Ihr nicht sogleich Jagd auf das Kanoe, Meister Jasper?“ forschte Cap. „Am Dienstag früh wehte eine frische Brise, der Kutter hätte seine neun Knoten gemacht.“

„Das mag auf dem Ocean zu bewerkstelligen sein, Meister Cap,“ nahm Pfadfinder das Wort, „hier auf dem See geht das aber nicht. Wasser hinterläßt keine Spur, und Mingos und Franzosen auf der Flucht sind kaum vom Teufel selber einzuholen.“

„Wenn man das verfolgte Fahrzeug von Deck aus sehen kann, dann braucht man keine Spur,“ entgegnete Cap. „Hättet Ihr mich an jenem Dienstag Morgen gerufen, Meister Eau-Douce, dann wären uns jene Halunken nicht entwischt, dafür stehe ich Euch.“

„Der Rat und Beistand eines so erfahrenen Seemannes wäre mir sicherlich von Nutzen gewesen, Meister Cap,“ antwortete Jasper, „allein mit dem Kutter ein fliehendes Rindenkanoe zu fangen, das ist ein Ding der Unmöglichkeit.“ Cap brummte einige unverständliche Worte vor sich hin, zog seinen Schwager und den Pfadfinder auf die Seite und versicherte denselben, daß diese Spionengeschichte ein Indicium sei, das schwer gegen Jasper ins Gewicht falle. Woher hatte gerade er die Sache erfahren? Wie konnten die Spione so dicht an das Fort herankommen, ohne daß einer der Posten etwas davon gewahr wurde? Sergeant Dunham konnte ernste Bedenken nicht unterdrücken, der Jäger aber vermochte nicht einzusehen, wie dadurch auch nur der leiseste Verdacht auf Jasper fallen konnte. „Ihr werdet mir wenigstens zugeben, Pfadfinder, daß es auf dieser Welt Verräter giebt,“ sagte Cap.

„Gewiß; ich habe zum Beispiel noch keinen ehrlichen Mingo kennen gelernt. Täuschen, lügen und betrügen sind ihre Gaben, und oft meine ich, daß man sie deswegen eher bemitleiden als verfolgen sollte.“

„Nun, warum wollt Ihr dann durchaus nicht zugestehen, daß auch Jasper solche Gaben empfangen haben könnte? Mensch ist Mensch, und die menschliche Natur ist manchmal ein recht armseliges Ding, das weiß ich aus eigener Erfahrung, ja, Pfadfinder, aus Erfahrung an mir selber.“

Hieran knüpfte sich wiederum ein längeres Gespräch, in welchem die Möglichkeit von Jaspers Schuld oder Unschuld hin und her erwogen wurde, bis Cap sowohl, wie auch der Sergeant, mehr an die erstere, als an die letztere glauben zu müssen meinten. Inzwischen führte der nichts Böses ahnende junge Schiffer die angenehmste Unterhaltung mit Mabel; sie ergingen sich in der Erinnerung an die miteinander überstandenen Gefahren und freuten sich auf ein längeres Beisammensein in der Zukunft. Da ertönte plötzlich aus Caps Munde der Ruf: „Boot voraus!“

Eiligst lief Jasper nach vorn und gewahrte hier etwa hundert Ellen entfernt ein Rindenkanoe, in welchem sein geübtes Auge trotz der Dunkelheit zwei Personen erkannte. Er befahl dem Rudersmann, den Kutter aufluven zu lassen, dann sprang er selber ans Steuer und brachte mit großem Geschick das Fahrzeug so nahe an das jetzt ganz im Lee befindliche Kanoe heran, daß man dasselbe mit einem Bootshaken festzuhalten vermochte. Als seine beiden Insassen notgedrungen an Deck der ›Wolke‹ kamen, erkannte man in ihnen Pfeilspitze und Junitau.

Sogleich nahm Pfadfinder, der allein geläufig mit den Indianern reden konnte, den Tuskarora ins Verhör, um zu erfahren, weshalb derselbe die seiner Führung anvertrauten Reisenden im Stich gelassen und was er seitdem gethan hatte.

Pfeilspitze beantwortete alle Fragen mit unerschütterlicher Ruhe. Er hatte sich damals davongemacht, einfach um sein Leben vor den Mingos in Sicherheit zu bringen.

„Gut," sagte der Jäger, sich den Anschein gebend, als glaube er dem Andern aufs Wort, „mein Bruder that klug daran; aber sein Weib folgte ihm."

„Folgen die Weiber der Bleichgesichter etwa nicht auch ihren Gatten?" entgegnete der Indianer.

„Ganz recht. Warum ist mein Bruder aber so lange dem Fort ferngeblieben? Seine Freunde haben seiner oft gedacht, ihn jedoch nie gesehen."

„Pfeilspitzes Weib verirrte sich im Walde, sie mußte in einem fremden Wigwam Wildpret bereiten. Pfeilspitze folgte ihr, wie sie auch ihm gefolgt war."

„Ich verstehe dich, Tuskarora; sie fiel den Mingos in die Hände und du bliebst den Schelmen auf der Fährte."

„Pfadfinder ist weise; er sieht die Gründe der Dinge so klar, wie das Moos an den Bäumen."

„Seit wann hast du dein Weib wieder?"

„Seit zwei Sonnen. Der Tau des Juni zögerte nicht lange, als Pfeilspitze ihm den Pfad zuflüsterte."

„Das ist nur natürlich. Wie aber kamst du zu dem Kanoe?"

„Das Kanoe ist mein; ich fand es am Strande, unweit des Forts."

„Noch eine Frage muß mein Bruder mir beantworten, dann wird keine Wolke mehr sein zwischen seinem Wigwam und dem festen Hause der

Yengeese. Warum richtete Pfeilspitzes Kanoe seinen Schnabel dem St. Lorenzstrom zu, wo doch nur Feinde zu finden sind?“

„Warum segelten Pfadfinder und seine Freunde auch in der Richtung? Ein Tuskarora darf nach derselben Richtung schauen, wie ein Yengeese.“

„Wir befinden uns auf Kundschaft, Pfeilspitze, im Dienste des Königs; wir haben ein Recht, hier zu sein, wenn auch nicht das Recht, dir zu sagen, warum.“

„Pfeilspitze gewahrte das große Kanoe, er freute sich, das Antlitz von Eau-Douce zu sehen. Er war auf dem Wege zu seinem Wigwam, änderte aber seine Fahrt, um den jungen weißen Schiffer zu begrüßen.“

Pfadfinder nickte und teilte dann seinen Gefährten das Gehörte mit, hinzufügend, daß des Indianers Angaben vielleicht wahr sein könnten, daß aber dennoch Vorsicht geboten sei. Der Sergeant beschloß, die Indianer als Gefangene an Bord zu behalten und morgen die Sache weiter zu untersuchen. Er sowohl wie Jasper setzten nur wenig Glauben in Pfeilspitzes Erzählung.

Der Tuskarora vernahm den Bescheid mit Gleichmut; ruhig trat er auf die Seite, aufmerksam alles beobachtend, was um ihn her vorging.

Es wurde spät; die meisten Mitglieder der Expedition hatten sich bereits dem Schlafe überlassen, nur Cap, der Sergeant, Jasper und zwei von der Mannschaft befanden sich noch an Deck, wo auch Pfeilspitze und sein Weib noch ausharrten.

„Laß dein Weib unter Deck gehen, Pfeilspitze,“ sagte der Sergeant zu dem Indianer. „Meine Tochter wird für ihr Unterkommen sorgen. Für dich liegt dort ein Segel, darauf kannst du schlafen.“

„Ich danke meinem Vater. Die Tuskaroras sind nicht arm. Die Squaw wird meine Decken aus dem Kanoe holen.“

„Wie du willst, Freund. Wir müssen dich in Haft behalten, aber es liegt uns fcrn, dich unnötig hart zu bchandcln. Gch mit dcr Squaw ins Kanoc und reiche uns die Paddelruder herauf. Der Sicherheit wegen,“ raunte der Sergeant Jasper zu.

Dieser nickte und die beiden Indianer begaben sich in ihr Kanoe, wo sie eifrig herumzukramen begannen, scheinbar ohne sogleich zu finden, was sie suchten.

„Beeile dich, Pfeilspitze!“ rief der an der Reeling stehende Sergeant, ungeduldig werdend.

„Pfeilspitze kommt,“ antwortete der Tuskarora. Blitzschnell zerschnitt er mit seinem scharfen Messer die Leine, die das Kanoe am Kutter festhielt, und im nächsten Augenblick trieb das leichte Rindenboot schon weit hinten im Kielwasser des in voller Fahrt segelnden Schiffes.

Wohl ließ der überraschte Schiffer sein Fahrzeug schnell über Stag gehen, um den Flüchtling zu verfolgen, dieser aber paddelte mit Hilfe seines Weibes direkt in den Wind hinein und zugleich in südwestlicher Richtung dem Lande zu.

„Er entkommt!“ rief Jasper. „Gegen den Wind an können wir ihm mit dem Kutter nicht folgen!“

„Aber Ihr habt ein Kanoe!“ versetzte der Sergeant in Erregung. „Bringt das zu Wasser und jagt hinter ihm her!“

„Zu spät. Wäre Pfadfinder an Deck gewesen, dann hätten wir Aussicht auf Erfolg gehabt, jetzt ist es damit vorbei. Der Schelm hat bereits einen zu großen Vorsprung.“

Cap und der Sergeant mußten die Richtigkeit dieser Behauptung zugeben. Während der Kutter von neuem über Stag ging und seinen Kurs wieder einschlug, nahm Cap seinen Schwager beim Rockknopf und führte ihn bis zur Thür der Kajüte.

„Bruder Dunham,“ sagte er mit gedämpfter Stimme, „hier haben wir ein neues Indicium! Dieser Jasper Süßwasser mag sich vorsehen!“

„Hm,“ meinte der Sergeant. „Wenn die Flucht des Indianers auch vielleicht ein Indicium gegen Jasper ist, so hat er den roten Schuft doch aber vorher eingefangen.“

„Weißt du denn, zu welchem Zweck? Ich sage dir, Bruder, wir laufen jetzt sechs Knoten durchs Wasser, und bei den geringen Entfernungen auf diesem Teich können wir in einem französischen Hafen sein, noch ehe der Morgen graut, und noch vor Abend in einem französischen Gefängnis."

„Möglich," brummte der Sergeant. „Was rätst du mir nun, Bruder?"

„Ich in deiner Stelle nähme diesen Meister Süßwasser auf der Stelle fest, stellte ihm eine Schildwache vor die Kammer und übertrüge das Kommando mir. Du bist hier der Befehlshaber und hast die Gewalt."

Der Sergeant überlegte sich die Sache eine ganze Stunde lang. Er befragte auch den Lieutenant Muir, und als dieser ebenfalls meinte, es sei wohlgethan, des Kutters Führung dem Meister Cap anzuvertrauen, um so gegen Verräterei geschützt zu sein, da zögerte er nicht länger. Ohne sich auf Erklärungen einzulassen, eröffnete er Jasper, daß er sich veranlaßt sähe, ihm vorläufig das Kommando des Kutters zu entziehen und dasselbe seinem Schwager Cap zu übertragen. Jasper, obgleich auf das höchste überrascht, erstaunt und erschrocken, beherrschte sich gewaltsam und verfügte sich gehorsam unter Deck, wohin ihm, auf Dunhams Weisung, auch sein erster Matrose folgte, ein Mann, der an Erfahrung und Tüchtigkeit dem Schiffer nicht nachstand und der den See so genau kannte, daß er den Beinamen „der Lotse" erhalten hatte. Meister Cap war nunmehr Herr des Schiffes.

„Jetzt, Bruder," sagte er zu dem Sergeanten, „sei so gut und gieb mir Kurs und Distanz an, damit ich dafür sorgen kann, daß der Kutter richtig anliegt."

„Von Kurs und Distanz weiß ich nichts," versetzte Dunham. „Wir haben nach der Station auf den Tausend Inseln zu segeln und dort das Detachement abzulösen. So lautet meine Instruktion."

„Es muß doch aber eine Karte vorhanden sein, auf der der Kurs abgesteckt ist."

„Ich glaube nicht, daß Jasper jemals eine Karte gebraucht hat."

„Was, keine Karte an Bord, Sergeant Dunham?"

„Nein, wozu auch? Unsere Schiffer kennen den See auswendig."

„Den Teufel auch! Das müssen ja wahre Orangutangs sein! Wie soll ich unter jenen Tausend Inseln die unsere herausfinden, wenn ich weder ihren Namen noch ihre Lage kenne, wenn ich weder Kurs noch Distanz weiß?"

„Des Namens wegen brauchst du dich nicht zu grämen, Bruder Cap, denn Namen giebt's da überhaupt nicht. Von der Lage weiß ich nichts, da ich noch niemals dagewesen bin; vielleicht kann uns einer der Leute Bescheid sagen."

„Halt, Sergeant," rief Cap, „sachte, Sergeant Dunham. Soll ich, als Kommandant des Schiffes, mir Belehrung vom Koch oder vom Kajütsjungen holen? Nein, Bruder, ein Schiffsführer muß seine eigene Meinung haben, und wenn sie auch falsch ist. Sink ich, dann sink ich, aber verdammt will ich sein wenn ich nicht mit der Würde, die mir als Kommandant gebührt, in den Grund fahre! Soweit ist's übrigens noch nicht. Wenn man ein Ding nicht weiß, so muß man wenigstens so thun, als wüßte man's. Komm, laß uns einmal dem Mann am Ruder auf den Zahn fühlen. Ich verstehe das."

Sie gingen nach hinten, Cap mit der Miene eines Mannes, der die Lage völlig beherrscht.

„Hübscher Landwind, das," bemerkte er, gegen den Matrosen gewendet, mit Herablassung. „Der weht jeden Abend so, wie?"

„Ja, Herr, wenigstens um diese Jahreszeit," antwortete der Mann, aus Respekt vor dem neuen Kommandanten an den Hut greifend.

„Bei den Tausend Inseln wird's ebenso sein, wie?"

„Wenn wir weiter östlich sind, springt der Wind wahrscheinlich um, Herr, weil da ein eigentlicher Landwind nicht mehr weht."

„Ja ja, das macht das süße Wasser, das hat Tücken, die gegen alle Natur sind. Ihr wißt natürlich unter den Tausend Inseln vollständig Bescheid, nicht wahr, mein Sohn?"

„Wo denkt Ihr hin, Meister Cap. Da weiß kein Mensch Bescheid, nicht einmal der älteste Schiffer auf dem See."

„So! Hm! Hört mal, Jack – Ihr heißt doch Jack?"

„Nein, Herr, ich heiße Robert."

„Richtig, Ihr heißt Robert. Was ich sagen wollte, Bob, der Ankergrund bei der Station dort unten ist gut, nicht?"

„Davon weiß ich nicht mehr, wie einer der Mohawks, oder einer der Soldaten vom 55. Regiment."

„Seid Ihr denn niemals dort zu Anker gegangen?"

„Nein, Meister Eau-Douce macht immer am Lande fest."

„Wenn Ihr die Stadt anlauft, dann werft Ihr doch aber natürlich das Lot und seht nach dem Talg, nicht wahr?"

„Talg!" wiederholte der Matrose erstaunt. „Stadt! Da ist so wenig eine Stadt, wie auf Eurem Kinn, Meister Cap, und nicht halb soviel Talg."

Der Sergeant verbiß sich ein Lachen, Cap aber fragte weiter.

„Also kein Kirchturm, kein Leuchtfeuer, kein Fort – hm! Aber eine Garnison ist doch da, wie?“

„Die ganze Garnison ist hier an Bord, fragt nur den Sergeanten Dunham.“

„Hm! Welchen Kanal haltet Ihr für den besten zum Einlaufen, Bob – den, wo Ihr das letzte Mal durchkamt, oder oder nun, oder den andern?“

„Davon weiß ich nichts, Herr.“

„Ihr habt doch nicht etwa am Ruder geschlafen, Bursche?“

„Am Ruder nicht, aber unten im Hellegatt. Eau-Douce schickt uns stets unter Deck, wenn wir binnen kommen oder auslaufen, Matrosen wie Soldaten; nur der Lotse bleibt oben. Daher weiß außer den beiden keiner, wie die Inseln anzulaufen sind.“

Cap führte seinen Schwager eine Strecke abseits.

„Hier haben wir wieder ein Indicium, Sergeant,“ sagte er. „Kein Mensch an Bord hat eine Ahnung; wie, zum Henker, soll ich da den Weg zur Station finden?“

„Das ist leichter gefragt, als beantwortet, Bruder Cap. Du verstehst dich doch aber auf die Navigation, kannst du dir den Kurs denn nicht ausrechnen? Ich dachte immer, so etwas wäre für einen richtigen Salzwasserschiffer nur eine Kleinigkeit. Hat man doch schon oft genug Inseln entdeckt, wie ich gelesen habe.“

„Das ist auch ganz richtig, hier aber liegt die Sache anders, denn ich soll nicht bloß Inseln entdecken, sondern ein Eiland aus tausenden, was ungefähr so leicht ist, wie eine Nähnadel in einem Heustapel zu entdecken.“

„Dennoch wissen die Schiffer auf diesem See den Ort zu finden, den sie finden wollen.“

„Wenn ich dich recht verstanden habe, Sergeant, wird die Lage dieser Station, oder dieses Blockhauses, sorgfältig geheim gehalten; ist's nicht so?“

„Gewiß; es ist jede Sorgfalt aufgewendet worden, den Platz vor dem Feinde zu verbergen.“

„Und da erwartest du von mir, einem hier ganz Fremden daß ich den Ort finden soll ohne Karte, ohne Kursbestimmung und Distanz, ohne Länge und Breite, sogar ohne Lotung und Talg? Meinst du vielleicht, ein Seemann kann seiner Nase folgen, wie ein Jagdhund? Ich will dir etwas sagen; ich werde den Kutter noch zwei Stunden so laufen lassen, wie er jetzt läuft; hernach drehe ich bei, werfe das Lot und dann helfe ich mir weiter, so gut ich kann.“

Der Sergeant war damit einverstanden, ging unter Deck und legte sich schlafen. Als er wieder erwachte, war es heller Tag; das Wetter hatte sich geändert, ein heftiger Sturm wehte über den See und ein dichter, nebelartiger Regen hinderte jeglichen Ausblick. Der Kutter lag beigedreht.

„Ich kann nur sagen, daß das Fahrzeug sich sehr gut benimmt,“ sagte Cap, nachdem er seinem Schwager über den Verlauf der Nacht Bericht erstattet hatte. „Ich hätte nicht geglaubt, daß es auf diesem Teich so wehen könnte. Wenn“ – hier spuckte er voll Abscheu die Schaumflocken von den Lippen, die der Wind ihm ins Gesicht geworfen – „wenn dies verdammte Wasser nur ein wenig salzig wäre, dann würde unsereiner sich hier ganz behaglich fühlen.“

Noch ging die See nicht sehr hoch, da der Kutter sich noch immer im Lee der Inseln befand, alle aber, die den Ontario kannten, wußten, daß sie einen der schweren Herbststürme jener Gegend zu erwarten hatten. Unter solchen Umständen hielten sich die Soldaten nicht lange an Deck auf und bald war keiner mehr oben, ausgenommen die Matrosen, Cap, der Sergeant, Muir, Pfadfinder und Mabel. Auf dem Antlitz der Letzteren lag ein sorgenvoller Schatten; sie hatte sich vergeblich bemüht, für Jasper ein gutes Wort einzulegen. Dem Pfadfinder war es ebenso ergangen.

Der Sturm wuchs, und die Wogen wurden so ungestüm, daß Mabel und der Quartiermeister es vorzogen, unter Deck zu gehen. Der alte Cap aber befand sich jetzt so recht in seinem Element, das Schmettern des Orkans wirkte auf ihn, wie Trompetenklang auf ein mutiges Schlachtroß. Die Matrosen bekamen hohen Respekt vor seiner seemännischen Geschicklichkeit, und obgleich sie sich über die Abwesenheit Jaspers und des Lotsen wunderten, so gehorchten sie doch dem neuen Kommandanten bereitwillig und gern.

Unter dichtgerefften Segeln flog jetzt der Kutter vor dem Sturme dahin. Plötzlich ertönte vom Ausguck her der Ruf: „Land voraus!"

Alle eilten nach vorn und lugten durch den Nebel und den sprühenden Wogengischt.

„Fort Oswego!" rief der Sergeant, dessen militärisch geübte Augen die Umrisse der Befestigungen zuerst erkannten.

Es war das Fort, von dem man ausgegangen war. Der Kutter, von keiner kundigen Hand geführt, hatte auf seiner Irrfahrt fast einen Kreis beschrieben. Cap stieß eine Verwünschung aus und ließ wenden, und schnell, wie es aufgetaucht war, verschwand das Fort auch wieder in dem grauen Dunst. Von neuem durchpflügte das kleine Fahrzeug schwer stampfend in nördlicher Richtung die wilden Fluten.

Stunden vergingen, es wurde Abend und Nacht, und noch immer nahm die Wut des Sturmes zu. Die Mannschaft der ›Wolke‹ erinnerte sich nicht, solch ein Unwetter schon erlebt zu haben. Der Anbruch des nächsten Tages brachte keine Änderung, Orkan, Nebelregen und Horizont blieben dieselben. Unruhe und Bangigkeit bemächtigte sich der Gemüter, nur Cap behielt seine Ruhe und Zuversicht. Der Tag verstrich und wieder kam die Nacht. Cap hatte während der ganzen Dauer des schlechten Wetters noch kein Auge geschlossen, der alte Seemann verfügte über eine eiserne Konstitution. Gegen Morgen gönnte er sich eine kurze Ruhe, die aber bei Tagesanbruch von dem Pfadfinder gestört wurde, der sich bisher nur wenig an Deck gezeigt hatte, da seine Bescheidenheit ihm sagte, daß nur Seeleute bei der Handhabung des Kutters dreinzureden hätten.

„Der Schlaf ist süß, Meister Cap,“ sagte er, nachdem er den alten Seebären geschüttelt hatte, „der Schlaf ist süß, das weiß ich aus Erfahrung, aber noch süßer ist das Leben. Schaut um Euch und sagt dann selber, ob es jetzt für einen Schiffskommandanten Schlafenszeit ist.“

„Wo – wer – was!“ fuhr Cap auf. „Ihr, Pfadfinder? Auch unzufrieden mit mir? Das hätte ich von Euch nicht erwartet.“

„Nicht meinetwegen komme ich,“ versetzte der Jäger. „Wegen Mabel Dunham wollte ich mit Euch reden. Nicht daß das Mädchen Furcht hätte; sie ist ein Soldatenkind, und noch habe ich kein Wort über die jetzige Schiffsführung aus ihrem Munde gehört; dennoch glaube ich, daß sie Jasper Eau-Douce gern wieder an seinem Platze sähe und daß die Dinge ihren alten regelrechten Gang nähmen.“

„Mag sein,“ knurrte Cap verdrossen, „mag sein. Himmel, das weht ja, als ob Boreas selber die Hand am Blasebalg hätte! Und was ist denn das da, im Lee?“ Er rieb sich die Augen. „Das ist ja Land, so wahr ich Cap heiße! Und hohes Land obendrein!“

Pfadfinder antwortete nicht; schweigend und besorgt beobachtete er den Ausdruck auf des Andern Gesicht.

„Eine Leeküste,“ fuhr Cap fort, „kaum eine Stunde entfernt, und eine Brandung, wie sie bei Long Island nicht höher stehen kann!“

Jetzt kam auch der Sergeant heran. „Nach dem, was ich von den Leuten vorn auf der Back gehört habe, sind wir in einer sehr bösen Lage,“ sagte er. „Der Kutter verträgt nicht mehr Segel und seine Abtrift ist so stark, daß wir in einer Stunde oder so herum auf dem Strande sitzen werden. So sagen wenigstens die Leute, Bruder Cap. Was meinst du?“

Cap schwieg; er blickte mit Bestürzung nach dem Lande und dann in ohnmächtigem Zorn nach der Richtung, aus der der Wind kam, als würde es ihm eine Erleichterung sein, mit dem Wetter Streit beginnen zu können.

„Ich denke, Bruder,“ fuhr der Sergeant fort, „wir thun gut, wenn wir Jasper Western um Rat fragen. Franzosen sind hier nicht in der Nähe, und auf alle Fälle wird der Junge uns vor dem Ersaufen bewahren, wenn das noch möglich ist.“

Cap brummte grimmig seine Einwilligung, und eine halbe Minute später stand Jasper an Deck. Der junge Mann warf einen hastigen Blick in die Runde, und dieser Blick reichte hin, ihn die Lage des Kutters erkennen zu lassen.

„Ich habe Euch rufen lassen, Meister Jasper,“ sagte Cap, mit Würde die Arme über der Brust kreuzend, „um von Euch Näheres über einen Hafen dort im Lee zu erfahren. Ihr kennt den See und werdet hoffentlich im stande sein, den Kutter an einen Ort zu bringen, wo er dieses bischen Sturm in Sicherheit abwarten kann. Denkt an die Frauen an Bord.“

„Ich stürbe eher, als daß ich Mabel Dunham zu Schaden kommen ließe,“ antwortete Jasper. „Wir müssen den Kutter vor Anker legen, und zwar noch ehe zwei Stunden vergehen.“

„Was?“ rief Cap. „Hier draußen im See?“

„Nein, Herr; mehr binnen, der Küste zu.“

„Verstehe ich Euch recht, Meister Eau-Douce – Ihr wollt in solchem Sturm an einer Leeküste zu Anker gehen?“

„Wenn ich das Schiff retten soll, gewiß, Meister Cap.“

„Beim Donner, das nenne ich Süßwasserschiffahrt!“ stieß Cap in tiefster Entrüstung hervor. „Junger Mann, seit über vierzig Jahren fahre ich zur See, aber so etwas habe ich noch nie gehört! Ehe ich solch einen Unfug gestatte, schmeiße ich lieber Anker und Kabel über Bord!“

Jasper zuckte die Achseln. „Laßt den Lotsen heraufholen und hört, was der sagt,“ versetzte er kalt. „Ich habe den Mann seit gestern Abend nicht gesehen, was jedermann weiß.“

Der Lotse kam an Deck und schaute sich mit höchster Besorgnis um.

„Der Kutter ist verloren, wenn er nicht vor Anker gebracht wird,“ antwortete er auf Caps Frage.

„Mensch!“ schrie der alte Seebär. „In solchem Orkan vor einer Leeküste, dicht vor der Brandung zu ankern wäre heller Wahnsinn!“

Jetzt nahm der Sergeant das Wort. „Bruder Cap,“ sagte er, „diese Männer kennen den See besser als wir beide. Ich bin für das Leben der Leute hier an Bord verantwortlich und stimme dafür, daß wir Jaspers Rat folgen.“

„Ich sage dir, Bruder, das Ankern nützt uns nichts!“ rief Cap wütend.

„Es kann aber auch nicht schaden,“ wendete Jasper ruhig ein. „Bringen wir den Bug des Kutters in den Wind, dann verringern wir die Abtrift; und treiben wir Stern voran in die Brandung, dann geschieht dies mit weniger Gefahr, als würden wir mit der Breitseite hinein geworfen. Laßt uns wenigstens die Vorbereitungen zum Ankern treffen, Meister Cap.“

„Nun, meinetwegen,“ brummte der Alte in bösester Laune. „Das kann unsere Lage nicht verschlechtern. Sergeant, auf ein Wort.“

Dunham ging mit seinem Schwager nach hinten.

„Bruder,“ begann Cap, „es steht schlimm, sehr schlimm mit uns. Du, Sergeant, und ich, wir sind alte Knaben und gewohnt, dem Tode ins Auge zu sehen. Aber Mabel“ – hier bebte ihm die Stimme und er mußte heftig die Nase schnauben – „aber deine Tochter – unsere Mabel – das liebe, gute Kind – – Bruder, ich hatte gehofft, sie noch mal als glückliche Frau zu sehen. Doch wir müssen das Geschick nehmen wie's kommt, und das einzige, was ein alter Seemann hier noch mit Recht einwenden kann, ist, daß wir in solch einer verdammten Süßwasserpfütze zu Grunde gehen müssen!“

„Meinst du, Bruder Cap, daß es schon so weit mit uns ist?“ fragte der Sergeant.

„Noch zwanzig Minuten, dann sitzen wir in der Brandung,“ antwortete Cap. „Da, schau hin; selbst du als Landratte wirst erkennen, daß aus jenem Hexenkessel kein Entrinnen ist.“

Tief aufschluchzend ging der Sergeant zurück. Da trat der junge Schiffer an ihn heran und faßte mit warmem Druck seine Hand.

„Sergeant Dunham," sagte Jasper sehr ernst, „Ihr habt mich grausam behandelt, aber Ihr seid ein guter Mann; Ihr liebt Eure Tochter."

„Daran darf niemand zweifeln, Eau-Douce," versetzte Dunham heiser.

„So gebt ihr und uns allen die einzige noch denkbare Gelegenheit, dieser Gefahr zu entrinnen."

„Was soll ich thun, Sohn, was soll ich nur thun? Ich habe bisher nach bestem Ermessen und streng nach meiner Pflicht gehandelt. Was wollt Ihr, daß ich thun soll?"

„Gebt mir auf fünf Minuten das Kommando wieder, und ich rette die ›Wolke‹, so Gott will!"

Der Sergeant sah sich nach Cap um, der des jungen Mannes Worte ebenfalls vernommen hatte. Der alte Seebär nickte finster und wendete sich dann ab.

„Ihr habt das Kommando, Jasper Eau-Douce," sagte der Sergeant mit lauter Stimme.

Jasper sprang an das Ruder und im nächsten Augenblick schmetterten seine mit klarer Stimme gegebenen Befehle über das Deck. Das kleine Raasegel, das bis jetzt noch gestanden hatte, wurde weggenommen, ein Stagsegel gesetzt, und gleich darauf stürmte der Kutter auf die Brandung zu. Aber nur fünf Minuten lang. Dann drehte Jasper das Ruder nieder, das Fahrzeug schoß in den Wind auf und in demselben Moment fielen beide Buganker in die Tiefe. Der Kutter trieb und riß an den Kabeln mit fürchterlicher Gewalt, endlich aber, nach langen, bangen Minuten, lag er fest, kaum hundert Fuß außerhalb der ersten Brandungslinie.

Noch eine halbe Stunde verging unter aufmerksamster Beobachtung der Kabel und der Lotleine, dann überkam die Insassen des Fahrzeugs ein wohliges Gefühl der Sicherheit, und von jeglicher Furcht befreit überließ man sich der lang entbehrten Ruhe.

Die indianische Freundin

Der Ontario gleicht einem jähzornigen Menschen; schnell entfacht und fürchterlich ist sein wildes Wüten, aber ebenso schnell ist er wieder besänftigt. Bald nachdem die ›Wolke‹ zu Anker gegangen war, legte sich der Sturm und es wurde ganz still; gegen Sonnenuntergang ließ Jasper die Segel losmachen, in Erwartung des Landwindes, der bald einsetzen mußte. Mit Anbruch der Nacht nahm das Schiffchen die Fahrt wieder auf. Man kam überein, daß Cap der eigentliche Kommandant, Jasper aber der Segelmeister und von dem alten Seemann abhängig sein sollte, da das Mißtrauen gegen ihn noch keineswegs geschwunden war.

Am Abend des folgenden Tages langte man bei den Tausend Inseln an. Wenn dieselben auch vielleicht nicht so zahlreich waren, wie ihr Name besagte, so breiteten sie sich doch, groß und klein, in einem fast unentwirrbaren Gewimmel aus. Jasper führte das Schiff durch eine Unzahl verschlungener Kanäle, die oft so eng waren, daß die Takelung des Kutters mit den Zweigen der Bäume in Berührung kam und Cap sich in fortwährender Furcht befand, daß man festlaufen würde.

„Ich geb's auf, Pfadfinder!“ rief er endlich in komischer Verzweiflung, als das kleine Schiff sich zum zwanzigsten Mal wohlbehalten aus einem Wirrsal von Klippen, Baumstämmen und Untiefen herauswand; „das schlägt ja der gesamten christlichen Navigationskunst ins Gesicht und ist ein Hohn und Spott auf alle Gesetze und Regeln!“

„Nicht doch, Salzwasser,“ lächelte der Jäger; „im Gegenteil, das ist das höchste in der Seefahrtskunst. Ihr seht, daß Jasper nie zögert, nie im Zweifel ist; er rennt wie ein Jagdhund, der eine gute Witterung hat, mit erhobener Nase. Ich wette mein Leben, der Junge bringt uns richtig an Ort und Stelle, wie er uns auch über den See gebracht haben würde, hätten wir ihn nicht daran gehindert.“

„Keine Lotsen,“ sagte Cap kopfschüttelnd, „keine Seezeichen, keine Baken, keine Leuchttürme, keine –“

„Fährte!“ ergänzte Pfadfinder. „Darüber zerbreche ich mir am meisten den Kopf! Jeder weiß, daß Wasser keine Spuren hinterläßt, trotzdem fährt Jasper dahin, als hätte er Abdrücke von Mokassins vor sich, so klar und deutlich, wie die Sonne am Himmel!“

„Ja, und ich will nicht selig werden, wenn er auch nur einen Kompaß an Bord hat!“ rief Cap.

„Holt den Klüver nieder!“ ertönte jetzt Jaspers Stimme, der den Bemerkungen der beiden lächelnd zugehört hatte. „Steuerbord das Ruder! So! Stetig! Nimm die Leine und spring damit an Land, Bob! Halt, bleib hier, da kommen schon einige von unsern Leuten; wirf ihnen die Leine zu!“

Die Expedition war am Ziel, man hatte die Station erreicht. Die Leute vom 55. Regiment wurden von ihren Kameraden mit jenem Jubel begrüßt, den eine Ablösung stets hervorzurufen pflegt.

Die Ufer der Stationsinsel waren dicht mit Buschwerk bewachsen, das man sorgfältig zu erhalten gesucht hatte als wirksamsten Schirm, dahinter das Innere der Insel vor den Blicken aller außen Befindlichen verborgen war. Der Baumwuchs auf dem Eiland vervollständigte diesen Schutz. Als Quartiere für die Garnison dienten acht niedere Blockhütten, der eigentliche feste Platz aber war ein turmähnliches Blockhaus mit kleiner, massiver Thür und Schießscharten anstatt der Fenster. Im Untergeschoß dieses Gebäudes wurden die Vorräte der Garnison aufbewahrt, das zweite Geschoß diente als Wohnraum und war zugleich die Citadelle, das niedere Dachgeschoß enthielt in drei abgeteilten Räumen das Schlafgelaß für zehn bis fünfzehn Mann. Das Gebäude war etwa fünfunddreißig Fuß hoch und somit niedriger, als die es umgebenden Bäume.

Um bei einer Belagerung nicht Wassermangel zu leiden, hatte man das Blockhaus dicht neben einer wassergefüllten Kluft in dem Kalksteinboden errichtet, und da jedes der oberen Stockwerke das untere beträchtlich nach allen Seiten überragte, so konnte man durch einige mit Fallthüren versehene Öffnungen in den Fußböden leicht Eimer in das Wasserloch hinablassen. Die Verbindung zwischen den Geschossen wurde durch Leitern hergestellt.

Die Ankunft der ›Wolke‹ verursachte allgemeine Aufregung. Die alte Garnison brannte darauf, ihre Einsamkeit verlassen und nach Oswego zurückkehren zu können. Die Formalitäten der Übergabe waren bald erledigt, und obgleich Jasper gern den Tag auf der Insel zugebracht hätte, so mußte er sich dennoch dem Drängen der Abgelösten fügen und nach Ablauf von kaum drei Stunden schon wieder die Rückfahrt antreten. Vorher hatten der Sergeant, Cap und Muir den heimkehrenden Fähnrich von ihrem Verdacht gegen den jungen Schiffer in Kenntnis gesetzt und ihn zur Vorsicht aufgefordert.

Mabel erhielt eine Hütte angewiesen, deren Inneres sie mit Geschick und Geschmack zu einem behaglichen Aufenthalt für sich und ihren Vater umgestaltete. Eine zweite Hütte wurde zum Meßraum bestimmt, in dem die Detachementsführer speisen sollten; die Küche besorgte Jenny, die Soldatenfrau.

Nachdem die allgemeinen Einrichtungen getroffen waren, hielten Sergeant Dunham und Lieutenant Muir eine Beratung; sodann wurden die Soldaten mit geheimen Weisungen versehen, und dem Kenner militärischer Verhältnisse wurde bald ersichtlich, daß eine Expedition im Werke war. Gegen Abend brachte der Sergeant seinen Schwager Cap und den Pfadfinder mit in seine Hütte, wo Mabel ein einfaches Mahl in Bereitschaft hielt.

„Du wirst uns hier von Nutzen sein, Kind, das sehe ich schon," sagte der alte Soldat, den Speisen mit Behagen zusprechend. „Und wenn einmal Not am Mann sein sollte, dann hoffe ich, daß meine Tochter sich auch ihrer Abkunft würdig erweisen wird."

„Soll ich dann vielleicht auch zu den Waffen greifen?" lächelte Mabel.

„Warum nicht? Das haben bereits genug tapfere Weiber vor dir gethan. Damit du aber nicht überrascht bist, wenn du mich morgen früh nicht siehst, teile ich dir mit, daß wir heute Nacht ausrücken."

„Willst du etwa mich und Jenny ganz allem hier zurücklassen?" rief Mabel erschrocken.

„Nein Kind, denn das entspräche dem Dienst schlecht. Lieutenant Muir, Bruder Cap, Korporal Mac Nab und drei Mann bleiben als Besatzung hier. Mac Nab übernimmt das Kommando; Bruder Cap wird darauf sehen, daß Lieutenant Muir sich den Anordnungen desselben fügt; der Quartiermeister ist nur als Freiwilliger hier und daher dienstlich ohne Rang."

„Warum nimmst du mich nicht mit, lieber Vater? Bin ich so weit zu dir hergereist, dann kann ich dir auch weiter folgen."

„Das geht nicht an, Mabel. Wir machen uns vor Tagesanbruch auf und zwar in den beiden großen Booten; das dritte und das Kanoe lassen wir hier. Wir wollen den Franzosen einige Fahrzeuge mit Vorräten und Proviant abfangen, die in einem der Kanäle nach Frontenac unterwegs sind."

Nach dem Abendbrot entließ der Sergeant seine Gäste und hielt dann ein langes Zwiegespräch mit seiner Tochter. Der alte Krieger wurde im Verlaufe desselben ungewöhnlich weich, es war, als bedrücke ihn das dumpfe Vorgefühl irgend eines Unglücks, und da Mabel von des Vaters Stimmung unwillkürlich beeinflußt wurde, so fehlte es dieser Abschiedsstunde auch nicht an Thränen. –

Die Sonne stand bereits am Himmel, als Mabel am nächsten Morgen erwachte. Die Expedition hatte längst die Insel verlassen. Cap, der Quartiermeister, Mac Nab und die drei Soldaten saßen beim Frühstück, und so gelang es ihr, unbemerkt in das Gehölz zu schlüpfen, um hier ihren Gedanken nachzuhängen. Bald hatte sie das Gestade erreicht und ihre Blicke schweiften verloren über das Ufergebüsch des jenseit des Kanals liegenden Eilands. Plötzlich war es ihr, als bemerke sie in dem Laubwerk drüben eine menschliche Gestalt. Instinktiv trat sie zurück, denn sie wußte sehr wohl, daß ihr Geschlecht sie nicht vor der Kugel einer Rothaut schützen würde. Im Begriff, davonzueilen und den Onkel zu rufen, schaute sie noch einmal hinüber und nun gewahrte sie eine Hand, die einen grünen Zweig gegen sie schwenkte, augenscheinlich als Zeichen des Friedens und der Freundschaft. Zweifelnd blieb sie stehen. Endlich brach sie, kurz entschlossen, gleichfalls einen Zweig ab und schwenkte ihn in derselben Weise, wie jene Hand dies that. Da öffnete sich drüben das Gesträuch und eine Indianerin trat hervor, in der Mabel das Weib Pfeilspitzes, Junitau, erkannte. Während der gemeinschaftlichen Reise hatte sie eine Zuneigung für das sanfte, freundliche Geschöpf gefaßt, die von demselben warm und innig erwidert worden war. Erfreut winkte sie daher jetzt der ehemaligen Gefährtin, herüber zu kommen; dieselbe nickte, verschwand im Gebüsch und glitt bald darauf in einem Kanoe unter dem überhängenden Gezweig hervor und quer über den etwa hundert Schritt breiten Kanal. Mabel ergriff sie freundlich bei der Hand und führte sie schnell und vorsichtig in ihre Hütte. Kaum waren die beiden hier angelangt, da ertönte draußen Onkel Caps mächtige Stimme: „Wo steckst du, Magnet?“

Mit Worten und Gebärden versicherte sie ihrem Gast, daß sie bald wieder da sein würde, dann eilte sie hinaus und setzte sich zu der Frühstücksgesellschaft.

„Wer zu spät kommt, muß mit dem vorlieb nehmen, was übrig bleibt,“ sagte Cap, mit vollen Backen kauend. „Die besten Bissen sind fort, und damit geschieht der Langschläferin recht.“

„Du irrst, Onkel,“ versetzte Mabel. „Ich bin schon seit einer Stunde auf und habe bereits einen Gang über die Insel gemacht.“

„Viel Schönes werdet Ihr dabei nicht entdeckt haben, Miß Mabel,“ bemerkte Muir. „Major Lundie hat dem Besitz des Königs durch Beschlagnahme dieses Eilands gerade keine Perle hinzugefügt. Außerdem ist diese Station militärisch wertlos und dabei liegt sie so gefährlich, daß wir hier früher oder später in des Teufels Küche kommen werden.“

„Meint Ihr, Quartiermeister?“ fragte Cap, dem Stück Lachs von vorhin einen Bissen Wildpret folgen lassend. „Haltet Ihr unsere Lage hier auf der Insel gegenwärtig für gefährlich?“

„Das will ich nicht behaupten, aber auch nicht in Abrede stellen. In Kriegszeiten giebt's überall Gefahr, auf solchen vorgeschobenen Posten aber am meisten. Wenn wir heute schon von den Franzosen überfallen werden, dann dürfen wir uns darüber nicht wundern."

„Aber was, zum Donner, sollten wir in solch einem Falle anfangen?" rief Cap. „Sechs Männer und zwei Weibsleute könnten verdammt wenig zur Verteidigung der Insel thun, da die Franzosen sicherlich in großer Übermacht anrücken würden!"

„Das würden sie, darauf könnt Ihr Euch verlassen, Meister Cap," nickte Muir mit ominösem Stirnrunzeln; „in ungeheurer Übermacht."

„Wie hätten wir uns dann zu verhalten?" fragte Mabel.

„Wir müßten dem Gebot der Klugheit folgen und unsern Rückzug zu bewerkstelligen suchen, schöne Miß Dunham," antwortete der Quartiermeister. „Mit der nötigen Vorsicht würde ein solcher in dem uns zur Verfügung stehenden Boote auch wohl gelingen."

Das Gespräch drehte sich noch lange um diesen Punkt, Mabel aber, die an einen ernstlichen Überfall nicht glauben mochte, fühlte einiges Befremden darüber, daß Lieutenant Muir, der sonst nicht im Rufe der Feigheit stand, so offen das Verlassen eines Postens anriet, den zu behaupten ihr Vater alles einsetzen würde. Bei der ersten Gelegenheit verließ sie die Gesellschaft und kehrte in ihre Hütte zurück. Sie schloß die Thür, zog den Vorhang vor das kleine Fenster und wendete sich dann zu der Indianerin, die geduldig auf sie gewartet hatte.

„Ich freue mich, dich zu sehen, Juni," begann sie, den Namen des jungen Weibes in der gebräuchlichen Weise abkürzend. „Was führte dich hierher? Wie hast du die Insel aufgefunden?"

„Langsam reden," versetzte Juni, des Mädchens Hand liebevoll drückend, „langsam – reden zu schnell."

Mabel wiederholte die Frage so langsam, daß die Wilde sie verstehen konnte.

„Juni – Freund," antwortete dieselbe nun mit Nachdruck.

„Ich glaube dir, Juni. Aber weshalb kamst du her?"

„Freund will Freund sehen," lächelte die Indianerin.

„Gut. Bist du allein gekommen? Ganz allein?"

„Allein – in Kanoe."

Mabel schaute ihrem Gast forschend ins Auge. „Du bist keine Verräterin, nicht wahr, Juni? Du wirst mich nicht den Franzosen in die Hände liefern – oder den Irokesen – oder Pfeilspitze. Du wirst meinen Skalp nicht verkaufen – oder doch?"

Statt der Antwort umschlang die Indianerin das Mädchen mit den Armen und drückte es zärtlich und mit unverkennbarer Liebe an sich. Mabel erwiderte die Umarmung, dann aber forschte sie weiter:

„Wenn Juni ihrer Freundin etwas zu sagen hat, dann möge sie reden; meine Ohren sind offen.“

„Juni fürchten, Pfeilspitze sie töten.“

„Pfeilspitze wird nichts erfahren, Mabel wird ihm kein Wort erzählen.“

„Gut. Blockhaus gehen, Blockhaus sicher schlafen.“

Mabel horchte hoch auf. Sollte der Besatzung also doch eine baldige Gefahr drohen?

„Sage mir mehr, Juni,“ drängte sie. „Soll ich ins Blockhaus gehen? Heute noch? Jetzt gleich?“

„Blockhaus gut für bleiches Mädchen. In Blockhaus nicht verlieren Skalp.“

„Ich verstehe dich nur zu gut, fürchte ich. Willst du mit meinem Vater reden?“

„Vater nicht hier.“

„Woher weißt du das? Die Insel ist voll von Soldaten.“

„Nicht voll.“ Die Indianerin hielt vier Finger empor. „So viel Rotröcke. Vater fort, Pfadfinder fort, Süßwasser fort – alle fort. Blockhaus sehr gut für bleiches Mädchen.“

„Dir ist alles bekannt, wie ich sehe,“ versetzte Mabel, innerlich erbebend. „Ich darf doch aber meinem Onkel mitteilen, was du mir gesagt hast?“

Juni erschrak. „Nein – nein – nein!“ rief sie heftig. „Nicht Salzwasser reden! Salzwasser lange Zunge, viel schwatzen; Pfeilspitze hören, dann Juni sterben!“

„Du thust meinem Onkel unrecht,“ entgegnete Mabel. „Er würde dich ebensowenig verraten, wie ich.“

„Nein – nein – nein! Salzwasser lauter Zunge – keine Augen, keine Ohren, keine Nase – nur Zunge, Zunge, Zunge!“

Mabel bestand nicht länger auf ihrer Absicht. „Ist außer dir auch andern Indianern diese Insel bekannt?“ fragte sie. „Etwa den Irokesen?“

Junis Blick wurde traurig; scheu sah sie rings in die Ecken, als fürchte sie einen Lauscher, dann antwortete sie:

„Tuskarora überall – Oswego, hier, Frontenac, Mohawk – überall. Er Juni sehen – sie töten.“

„Und wir glaubten, daß niemand von diesem Eiland Kenntnis habe, daß wir hier keine Gefahr zu fürchten hätten!“

„Irokese – viele Augen.“

„Augen allein thun's nicht immer, Juni. Dieses Eiland liegt so versteckt, daß selbst von unsern Leuten nur wenige den Weg hierher zu finden wissen.“

„Ein Mann reden – einige Yengeese sprechen französisch.“

Mabel fühlte ihr Herz zu Eis erstarren. Blitzschnell kam ihr die Erinnerung an den schweren Verdacht, den man gegen Jasper hegte. Sie preßte die Hand auf die Brust und es währte lange, ehe sie wieder ein Wort hervorbringen konnte.

„Ich verstehe, Juni – ich verstehe. Ein Verräter hat dem Feinde den Weg zu dieser Insel gewiesen.“

Juni nickte lächelnd, denn nach ihren indianischen Anschauungen galten Falschheit und Hinterlist im Kriege als Verdienst und nicht als Verbrechen.

„Bleichgesicht jetzt wissen,“ sagte sie. „Blockhaus gut für Mädchen.“

„Ich danke dir, Juni,“ versetzte Mabel. „Aber die Männer müssen auch gerettet werden. Es ist meine Pflicht, ihnen mitzuteilen, was ich von dir gehört habe.“

„Dann Juni sterben,“ sagte die Indianerin ruhig.

„Mit nichten, niemand soll erfahren, daß du hier gewesen bist. Die Männer aber müssen gewarnt werden, damit auch sie im Blockhaus Zuflucht nehmen.“

„Pfeilspitze alles wissen, alles sehen – Juni töten. Juni kommen – retten junges Bleichgesichtmädchen. Juni Weib – retten junges Weib – nicht Männer. Laß Männer ihren Skalp verteidigen.“

Darauf schickte die Indianerin sich an, die Hütte zu verlassen. Mabel legte sanft den Arm um sie.

„Juni,“ flüsterte sie, „wir sind Freundinnen. Fürchte nichts, niemand soll von deinem Besuch erfahren. Aber gieb mir ein Zeichen, wenn die Gefahr naht, damit ich rechtzeitig ins Blockhaus fliehen kann.“

Die Tuskarorafrau dachte einen Moment nach. „Bringe Juni eine Taube,“ sagte sie dann.

„Eine Taube? Wo soll ich eine Taube hernehmen?“

„In Hütte – hier neben. Bringe alte Taube. Juni gehen Kanoe.“

Mabel öffnete die Thür und lugte hinaus. Niemand war in der Nähe. Sie schlüpfte hinaus und der nächsten Hütte zu. Dieselbe war ein verfallenes Bauwerk, das, wie sie sogleich gewahrte, der vorigen Garnison als Rumpelkammer und Geflügelstall gedient hatte. Einige zwanzig Tauben flatterten darin umher und pickten von einem Weizenhaufen, der am Boden aufgeschüttet lag. Sie griff eine Taube, verbarg sie unter ihrem Tuche und eilte zu ihrer Hütte zurück. Dieselbe war leer. Schnellen Schrittes lief sie nun durch das Gehölz zum Gestade. Hier stand Juni bereits im Kanoe. Sie reichte ihr die Taube, und mit den Worten: „Blockhaus gut!“ glitt die Indianerin dem jenseitigen Ufer zu, wo sie im Dickicht verschwand.

Auf dem Rückwege blieb Mabel plötzlich stutzend stehen. In der Krone eines niedrigen Bäumchens flatterte ein Streifen roten Zeuges. Ein Blick zeigte ihr, daß dieses Signal, denn ein solches war es jedenfalls, von der andern Insel aus gesehen werden konnte. Sie riß den Zeugstreifen herab; derselbe war, dem Gewebe nach, ein Stück von einer Schiffsflagge.

Beschleunigten Schrittes und in ängstlicher Erregung eilte sie durch das Unterholz, da trat ihr unerwartet der Quartiermeister entgegen.

„Wohin so eilig, schöne Mabel?“ rief derselbe ihr zu. „Und was soll der rote Wimpel, den Ihr da in der Hand habt?“

Das Mädchen erzählte, wo sie das Stück Zeug gefunden und daß dasselbe ihren Verdacht erregt hatte. Während sie sprach, wanderten die Blicke des Quartiermeisters unruhig von dem roten Fetzen nach ihrem Antlitz und dann wieder über das Buschwerk und durch die Lücken in dem Laube hinaus in die Ferne.

„Das ist in der That ein höchst verdächtiger Umstand,“ sagte er endlich. „Zeigt doch einmal her. Hm! Das gleicht ja auf ein Haar dem Flaggentuch auf der ›Wolke‹. Und jetzt fällt mir auch ein – richtig, an der Flagge fehlte ein Stück, und genau solch ein Stück, wie dies hier!“

Mabel bewahrte nur mit Mühe ihre Selbstbeherrschung.

„Das muß untersucht werden,“ fuhr Muir fort. „Ich werde sogleich mit Meister Cap reden.“

„Jedenfalls darf dieses Signal nicht außer Acht gelassen werden,“ sagte Mabel. „Ich bin so von Furcht erfüllt, daß ich mich mit Jenny in das Blockhaus zu begeben gedenke.“

„Wie Ihr wollt. Übrigens kann der Lappen auch durch Zufall in den Baum geraten sein. Gebt ihn her, es ist vielleicht doch besser, wir übereilen uns nicht.“

Mabel ließ das Stück Zeug in des Quartiermeisters Hand und eilte davon. Muir blieb einen Augenblick, wie unentschlossen, stehen, dann aber ging er, scharf um sich blickend, zum Gestade und befestigte das Signal von neuem in dem Baumwipfel.

Das junge Mädchen hatte die Soldatenfrau bald gefunden, sie befahl derselben, verschiedene notwendige Dinge in das Blockhaus zu schaffen und sich immer in der Nähe desselben aufzuhalten; dann suchte sie den Korporal Mac Nab auf.

„Mein Vater hat Euch auf einen verantwortlichen Posten gestellt," begann sie, den würdigen Kriegsmann von seinen Soldaten wegführend; „denn wenn die Insel in Feindeshände fällt, so ist es nicht nur um uns geschehen, auch die Abwesenden können dann in Gefangenschaft geraten."

„Um das einzusehen, braucht man nicht erst von Schottland hierher zu kommen," entgegnete der Korporal trocken.

„Das ist schon recht, Mr. Mac Nab, ich fürchte nur, daß so ein Veteran wie Ihr, der an Scharmützel und Schlachten gewöhnt ist, leicht die Vorsichtsmaßregeln unterläßt, die in einer so eigenartigen Lage, wie die unsrige, notwendig sind."

„Ja ja, wir Schotten sind ja so dickköpfige und schwerfällige Gesellen, daß wir lauter Dummheiten begehen würden, wenn uns nicht ab und zu eine kluge Jungfer eine Belehrung angedeihen ließe," brummte der Korporal verdrossen.

„Ihr wollt mich nicht verstehen," versetzte Mabel sanft. „Mein Vater schätzt Euch hoch, sonst hätte er Euch nicht ein solches Vertrauen geschenkt und auch mich in Euren Schutz gestellt. In seinem Sinne wäre es, wenn Ihr Euch mit Euren Leuten im Blockhause festsetzen wolltet."

„Wenn der Sergeant die Ehre des 55. Regiments hinter Balken und Bohlen verteidigen zu müssen glaubt, dann hätte er selber das Kommando behalten sollen. Wir Schotten sind Männer vom kurzen Schwert und lieben es, Fuß an Fuß mit dem Feinde zu kämpfen."

„Kein rechter Soldat verschmäht Vorsicht. Major Duncan of Lundie ist berühmt wegen der Sorgfalt, mit der er seine Leute schont."

„Jeder Mensch hat seine Schwächen, auch Lundie. Ich bin fünfundfünfzig Jahre alt geworden, Miß Dunham, und ich sage Euch, es giebt kein wirksameres Mittel, den Feind zu ermutigen, als sich furchtsam zu zeigen. Wir Schotten kommen aus einem Lande, wo es wenig Deckung giebt, und Ihr sollt sehen –"

Der Korporal that einen Luftsprung, stürzte nieder auf sein Antlitz und wälzte sich dann auf den Rücken – dies alles geschah so plötzlich, daß Mabel kaum den Knall der Büchse vernahm, die ihm das tödliche Blei in den Leib gesendet hatte. Sie stieß weder einen Schrei aus, noch zitterte sie; unwillkürlich that sie einen Schritt vorwärts, dem Gefallenen beizustehen. Der suchte ihr Auge mit seinem letzten Blick.

„Flieht in's Blockhaus!" stieß er mühsam hervor. „In's Blockhaus – –"

Dann war er tot. Wie ein gehetztes Wild rannte Mabel dem Blockhause zu; sie erreichte die Thür in dem Augenblick, als dieselbe von innen zugeschlagen wurde. Die Soldatenfrau hatte sich in blindem Entsetzen hinein geflüchtet und wehrte ihr nun den Eingang, nur auf ihre eigene Rettung bedacht. Während Mabel die Frau rief, krachten weitere fünf Schüsse, und schon glaubte das Mädchen sich verloren, als die Thür zögernd ein wenig aufgethan wurde; schnell drängte sie sich hinein, dann aber schloß sie die Pforte nicht eher, bis sie gesehen hatte, daß niemand mehr Einlaß begehrte. Darauf stieg sie die Leiter zum oberen Stockwerk empor, um durch die Schießscharten Umschau zu halten. Nirgends gewahrte sie ein menschliches Wesen, eine verwehende Wolke von Pulverdampf aber sagte ihr, daß die Schüsse aus der Richtung der Insel gefallen seien, von der Juni gekommen war. Sie trat an eine andere Schießscharte. Hier ward ihr ein grausiger Anblick. Neben dem toten Mac Nab lagen die drei Soldaten, ebenfalls leblos hingestreckt. Die Männer waren auf den ersten Schuß pflichtgemäß herbeigeeilt, um sogleich den Kugeln der unsichtbaren Feinde zu erliegen. Von Cap und Muir war nichts zu erblicken. Klopfenden Herzens durchspähte Mabel jede Öffnung zwischen den Bäumen sie stieg sogar in das Dachgeschoß hinauf, von wo sie fast die ganze Insel übersehen konnte, aber sie gewahrte nichts. Das Boot lag an seinem Ort, ein Beweis dafür, daß Muir seine Absicht, zu entfliehen, nicht ausgeführt hatte.

„Um Gottes Barmherzigkeit willen, Miß Mabel," tönte jetzt die Stimme der Soldatenfrau herauf, „sagt mir doch, ob unsere Leute noch leben! Mir ist's, als hörte ich ächzen und stöhnen da draußen – Allmächtiger! Wenn die Indianer sie erschlagen hätten!" Es fiel Mabel ein, daß einer der erschossenen Soldaten der Gatte der Frau gewesen war. Ihr Herz krampfte sich zusammen; sie brachte es nicht über sich, der Unglücklichen die Wahrheit mitzuteilen. „Wir stehen in Gottes Hand, Jenny," antwortete sie. „Wir müssen die Vorsehung walten lassen und auch selber thun, was in unsern Kräften steht. Achtet sorgsam auf die Thür und öffnet nicht ohne meine Einwilligung."

„Ja doch, Miß Mabel," rief die Frau zurück. „Aber könnt Ihr denn nicht sehen, wo mein Sandy ist? Wenn man ihn wissen lassen könnte, daß ich in Sicherheit bin, dann wäre er ruhiger, und befände er sich auch in Feindeshänden!"

Sandy war Jennys Gatte, Mabel sah ihn tot unter seinen Kameraden liegen. „Ich sehe da einige Leute bei Mac Nabs Leiche," antwortete sie mit stockender Stimme.

„Ist mein Sandy dabei?“

„Jedenfalls; da sind – eins, zwei, drei, vier – alle in der roten Uniform des Regiments.“

„Sandy!“ kreischte die Frau wie von Sinnen. „Sandy! hörst du nicht? Komm auf der Stelle hierher ins Blockhaus! Sollen die Wilden dich totschlagen? Sandy! Sandy!“

Gleich darauf hörte Mabel die Thür knarren. Festgebannt vor Schrecken wich sie nicht von der Schießscharte. Die Frau rannte mit fliegenden Haaren aus dem Blockhause, schnurstracks auf die Leichen zu. Mabel hörte sie einen fürchterlichen Schrei ausstoßen, sie sah, wie die Ärmste sich auf den entseelten Körper ihres Gatten warf, des ohrzerreißenden Geheuls nicht achtend, das in diesem Augenblick aus dem Dickicht erscholl. Zwanzig Wilde brachen hervor, schrecklich anzuschauen in Kriegsschmuck und Bemalung, allen voran Pfeilspitze. Sein Tomahawk fuhr tief in den Schädel der armen, bewußtlos daliegenden Jenny, und im Nu hing ihr triefender Skalp an des Häuptlings Gürtel. Alles dieses ging schneller vor sich, als es beschrieben werden kann. Mabel mußte, wie durch einen Zauber gefesselt, das Entsetzliche mit ansehen. Erst als der Platz vor dem Blockhause von Rothäuten wimmelte, kam wieder Bewegung in sie. Ihr fiel ein, daß Jenny die Thür offen gelassen hatte. Sie sprang zur Leiter, noch aber war sie nicht in dem unteren Stockwerk angelangt, da vernahm sie wiederum das Knarren der Thürangeln. Starr, ohne zu atmen, blieb sie stehen. Sie hörte die Thür schließen und die schweren, eichenen Riegel in die Klampen legen, einen nach dem andern, alle drei. Dann kam ein leichter Tritt die Leiter herauf. Mabel huschte hinter einige Proviantfässer und spähte durch die Lücken nach der viereckigen Öffnung im Fußboden, die den Zugang zum zweiten Stockwerk bildete. Ihr Herz pochte zum Zerspringen. Ein dunkles Haupt erschien über dem Fußboden – schon glaubte Mabel ihren Skalp verloren – da erkannte sie die sanften, nicht unschönen Züge der Indianerin Junitau, ihrer Freundin.

Im Blockhause

Mit einem unterdrückten Jubelruf eilte sie aus ihrem Versteck hervor und in die Arme der sie liebevoll begrüßenden Tuskarorafrau.

„Blockhaus gut," sagte diese, lächelnd die weißen Zähne zeigend, „in Blockhaus nicht verlieren Skalp."

„Du hast recht," antwortete Mabel schaudernd und die Augen mit der Hand bedeckend, wie um die Schreckensscenen nicht mehr zu schauen, deren Zeugin sie geworden war. „Aber wo ist mein Onkel? Was ist aus ihm geworden?"

„Nicht wissen," versetzte die Indianerin. „Salzwasser haben Kanoe."

„Das Boot liegt an seinem Platz, aber weder vom Lieutenant Muir noch von meinem Onkel habe ich eine Spur gesehen?"

„Nicht tot, Juni sonst wissen. Vielleicht verstecken. Rothaut auch verstecken, wenn Krieg; nicht Schande für weißen Mann."

„Ich fürchte nur, daß ihnen keine Zeit blieb, sich zu verstecken. Der Überfall geschah so fürchterlich schnell und unerwartet!"

„Tuskarora!" antwortete Juni mit stolzem Lächeln. „Pfeilspitze großer Krieger!"

„Aber was soll nur aus mir werden, Juni?" fragte Mabel nach kurzer Pause. „Es kann nicht lange mehr dauern, dann greifen deine Leute das Blockhaus an."

„Blockhaus gut, nicht verlieren Skalp."

„Höre doch nur, da kommen sie schon!"

Damit eilte Mabel an eine Schießscharte. „Sie kommen!" wiederholte sie. „Vier wilde Krieger, unter ihnen auch Pfeilspitze!"

Juni nahm eins der in einem Ständer an der Wand bereitstehenden Gewehre, schob dessen Mündung durch eine Schießscharte und drückte los.

„Sieh," sagte sie lachend, „alle rennen – verstecken. Glauben Salzwasser hier, und Quartiermeister."

Sie hatte recht, die Wilden waren auf den unerwarteten Schuß in respektvolle Entfernung zurückgewichen.

„Gott sei gelobt!" rief Mabel, unwillkürlich in Thränen ausbrechend. „Laß mir nun ein wenig Zeit, liebe Juni, mich zu fassen und zu sammeln, damit ich, wenn meine Stunde kommt, nicht unvorbereitet aus dem Leben scheide, wie die arme Jenny, der Gott gnädig sein möge!“

Sie setzte sich auf einen der herumstehenden Kasten und Juni nahm still neben ihr Platz. Nach und nach kam Ruhe über das so tief erschütterte Mädchen, und nach einem inbrünstigen Gebet gewann sie auch wieder Hoffnung und neuen Mut.

Ein weiterer Blick durch die Schießscharten ließ sie erkennen, daß die Wilden die Hütten geplündert hatten und sich nun anschickten, mit den aufgefundenen Eßvorräten und Spirituosen ein Siegesmahl herzurichten. Die Erschlagenen waren aus dem Wege geschafft, die Waffen derselben unweit der Stätte des Festmahls auf einen Haufen gelegt.

Inzwischen war der Zeitpunkt gekommen, wo Juni zu den Ihrigen zurückkehren mußte. Sie verabschiedete sich unter vielen Liebkosungen und schlüpfte dann vorsichtig aus der Thür, die Mabel schnell hinter ihr wieder verriegelte.

Langsam verstrichen dem Mädchen die Stunden, unter Furcht und Zittern und schreckenvoller Erwartung; sie hörte das Geheul und Gekreisch der Wilden, denen der Branntwein bereits Vernunft und Vorsicht zu rauben begann, und das Blut erstarrte ihr, wenn sie daran dachte, welcher Greuelthaten diese roten Teufel unter solchen Umständen fähig waren. Gegen Mittag glaubte sie auch einen weißen Mann in der wilden Schar zu erkennen; derselbe, jedenfalls ein Franzose, schien ein Anführer derselben zu sein.

Der endlos lange Tag neigte sich endlich zum Abend. Die trunkenen Indianer tobten wie eine Rotte Wahnsinniger, so daß der weiße Mann es für geraten hielt, sich auf die Nachbarinsel zurückzuziehen, wo ein Zelt aufgerichtet war. Vorher hatte er jedoch Sorge getragen, das Feuer auszulöschen, damit die tolle Bande das Blockhaus nicht in Brand steckte, das den Franzosen später noch Dienste leisten sollte. Auch Pfeilspitze hatte sich auf die Seite gemacht, um in einer der Hütten ein paar Stunden Schlaf zu finden. Als daher einer der wüsten Zecher seinen Genossen den Vorschlag machte, das Blockhaus nach weiteren Fässern mit Feuerwasser zu durchsuchen, da brüllte die Schar Beifall und sogleich stürmten acht oder zehn taumelnde und kreischende Dämonen gegen die Thür desselben an. Die festen Bohlen aber rührten sich nicht; sie hätten dem Anprall einer zehnfach stärkeren Schar widerstanden. Ein Wutgeheul drang zu Mabel empor. Dann gewahrte diese, wie drei Irokesen in der Asche auf der Feuerstelle nach Funken suchten und solche auch fanden; bald war eine kleine Flamme angefacht, und während dieselbe genährt wurde, schichteten die Wilden an der Wand des Blockhauses trockenes Reisig auf. Mabel schaute diesem Treiben zu, vor Angst kaum im stande, sich zu regen. Das Reisig wurde in Brand gesetzt, schnell loderten die Flammen auf, höher und höher, bis Mabel von der Öffnung im Fußboden, durch die sie hinabgeblickt hatte, zurückweichen mußte, um nicht von dem hereinzüngelnden Feuer erfaßt zu werden. Schon fing der Rand der Öffnung, deren Klappe sie offen gelassen hatte, zu glimmen an. In der Ecke stand ein Faß voll Wasser. Zitternd füllte Mabel ein Gefäß und goß es über die brennenden Holzteile aus. Dabei fiel ihr Blick hinab auf den Reisighaufen und mit staunender Freude gewahrte sie, daß derselbe auseinander gerissen und zerstreut worden war und daß eine Freundeshand Wasser über die angekohlten Balken der Hauswand gegossen hatte.

„Wer ist da?“ rief sie durch das Loch hinab. „Wen hat der gütige Gott zu meinem Beistande gesendet? Bist du es, lieber Onkel Cap?“

„Salzwasser nicht hier,“ antwortete die Stimme der Tuskarorafrau. „Ontariowasser süß. Öffnen – schnell!“

Mabel eilte leichtfüßig hinab. „Juni, mein Schutzengel!“ rief sie, als die Indianerin hereingeschlüpft war. Diese aber schlug unverweilt den Weg nach dem obersten Stockwerk ein und streckte sich hier auf eins der für die Soldaten bereiteten Strohlager.

„Juni müde,“ sagte sie lächelnd zu Mabel, die ihr gefolgt war. „Rote Krieger schlafen – zuviel Feuerwasser. Alle schlafen – bleiches Mädchen auch schlafen – nicht fürchten; Juni hier und Blockhaus gut.“

Jetzt erst fühlte Mabel, wie erschöpft sie war; sie folgte der Aufforderung der Indianerin und bald lag sie, von deren Arm umfangen, in tiefem Schlummer. Nichts regte sich draußen, kein Laut; auf der ganzen Insel herrschte ein so tiefes Schweigen, als sei noch nie eines Menschen Fuß in diese Wildnis gedrungen. –

Die Stille hielt auch noch an, als sie am nächsten Morgen spät erwachte und an die Schießscharten trat. Kein Wilder ließ sich sehen. Sie schritt von Lugloch zu Lugloch. Plötzlich durchrieselte sie ein eisiger Schreck. Unten auf dem Platze vor dem Blockhause saßen drei rot uniformierte Gestalten im Grase, wie in ruhiger Unterhaltung begriffen – die toten Soldaten vom 55. Regiment! Mit teuflischer List hatten die Irokesen den erstarrten Leichnamen solche Stellungen gegeben, daß aus einer Entfernung von hundert Schritten ein oberflächlicher Beobachter dieselben wohl für lebende Menschen halten konnte. Die skalplosen Häupter waren mit Mützen bedeckt und alle Blutspuren beseitigt worden. Das junge Mädchen wankte zurück und bedeckte das Antlitz mit den Händen. Ein leiser Ruf Junis aber rief sie wieder an die Öffnung. Die Indianerin deutete auf eine Hütte. In der Thür derselben stand der Leichnam der Soldatenfrau, einen Besen in der Hand und mit vorgebeugtem Oberkörper, als lausche sie eifrig zu den Soldaten hinüber. Die Bänder ihrer Haube flatterten im Winde, ihr Gesicht war gewaltsam zu einem gräßlichen Lächeln verzerrt.

„O Juni! Juni!“ rief Mabel mit erhobenen Händen. „Das übertrifft alles, was ich je gehört, was ich je für möglich gehalten habe!“

„Tuskarora sehr klug!“ sagte Juni beifällig und stolz. „Soldaten nicht mehr weh thun; Irokesen gut thun; erst Skalp nehmen, jetzt tote Männer noch nützen; hernach verbrennen.“

Aus diesen Worten ersah Mabel, welch eine Kluft sie innerlich von ihrer Freundin schied; Minuten vergingen, ehe sie dieselbe wieder anzublicken vermochte. Juni merkte jedoch davon nichts; sie richtete geschäftig ein kärgliches Frühmahl her und sprach demselben dann tüchtig zu, während Mabel keinen Bissen genießen konnte.

Während des ganzen Tages ließ kein Feind sich blicken; auch die Nacht blieb ruhig und unsere Heldin entschlief beinahe mit einem Gefühle der Sicherheit, denn schon am folgenden Tage konnte sie ihres Vaters Rückkehr erwarten.

Die frühe Morgensonne fand sie bereits an den Schießscharten. Auf dem Grase saß die schreckliche Gruppe noch wie gestern, am Wasser aber lehnte, an einen Baum gebunden, der Leichnam des vierten Mannes, eine Angelrute in der Hand. Der Wind blies frisch aus Süden und verkündete einen nahen Sturm.

„Der Aufenthalt hier wird mir unerträglich, Juni," sagte sie zu der Freundin. „Lieber sehe ich die Feinde vor mir, als diese grausige Ausstellung der Toten."

„Horch!" rief Juni. „Pfeilspitze kommen – und Salzwasser! Sieh!"

Das scharfe Ohr der Indianerin hatte dieselbe nicht getäuscht. Acht Indianer, darunter Pfeilspitze, führten den alten Seemann und den Quartiermeister herbei; der französische Offizier schloß sich dem Zuge an. Unmittelbar vor dem Blockhause machte die Schar Halt. Pfeilspitze redete ernstlich auf die Gefangenen ein, dann trat der Quartiermeister einen Schritt vor.

„Miß Mabel!" rief er zu den Schießscharten hinauf; „schöne Mabel, zeigt Eure holde Persönlichkeit! Habt Mitleid mit uns armen Gefangenen, denen ein grausamer Tod bevorsteht, wenn Ihr nicht unverzüglich den Siegern die Thür öffnet. Habt Erbarmen, sonst sind wir keine halbe Stunde mehr im Besitz unserer Skalpe!"

Der Ton der Stimme und die Worte des Quartiermeisters erfüllten das junge Mädchen mit Widerwillen und einem unbestimmten Mißtrauen.

„Sprich du zu mir, lieber Onkel," rief sie hinunter. „Sage du mir, was ich thun soll!"

„Gott sei gepriesen!" antwortete der alte Seemann. „Deine liebe Stimme nimmt mir einen ganzen Ballast vom Herzen! Du lebst, Magnet, und ich fürchtete schon, du hättest das Schicksal der armen Jenny geteilt! Wie aber soll ich dir raten, Kind? Ich kann nur sagen, verwünscht sei der Tag, an dem du und ich diese verdammte Süßwasserpfütze erblickten!“

„Ich will wissen, ob dein Leben in Gefahr ist, Onkel, und ob du es für recht hältst, wenn ich die Thür aufmache.“

„Meine ehrliche Meinung, Magnet, ist die, daß jeder, der nicht in den Händen dieser Teufel und in sicherem Verschluß ist, nur ja da sitzen bleiben soll. Der Quartiermeister und ich, wir beide sind ein paar alte Burschen und der Menschheit nicht mehr viel nütze. Wenn ich an Bord eines tüchtigen Seeschiffes wäre, dann wüßte ich schon, was ich thäte; hier aber, in dieser wässerigen Wildnis, kann ich nur sagen: wenn ich hinter einem sicheren Bollwerk säße, dann müßte schon eine ganz große Portion indianischer Verschmitztheit dazu gehören, mich hervor zu locken.“

„Hört nicht auf die Rede Eures Onkels, schöne Mabel,“ fiel Muir ein. „Merkt Ihr denn nicht, daß die Gefahr ihm die Gedanken verwirrt hat?

Wir befinden uns in den Händen durchaus anständiger Leute, die auch Euch so behandeln werden, wie sich das gebührt."

„Nicht Blockhaus verlassen," raunte Juni, die neben Mabel stand, dieser zu. „Blockhaus gut, nicht kriegen Skalp."

„Ich gedenke zu bleiben, wo ich bin, Mr. Muir," entgegnete das junge Mädchen, „bis ich von meinem Vater höre."

„Seid nicht thöricht, schöne Mabel!" rief der Quartiermeister zurück. „Fügt Euch den Schickungen der Vorsehung, das ist christliche Tugend!"

„Ihr scheint Euch über die Stärke dieser Befestigung zu täuschen, Mr. Muir," versetzte das Mädchen. „Wir können uns noch verteidigen, wenn man uns dazu zwingt. Was meint Ihr zum Beispiel dazu? Schaut weiter hinauf."

Aller Augen richteten sich auf die Schießscharten des obersten Stockwerks und gewahrten hier den Lauf einer Büchse, der sich, von Juni geführt, langsam hervorschob und auf die Untenstehenden richtete. Blitzschnell sprangen sämtliche Indianer in das Dickicht zurück. Der französische Offizier überzeugte sich davon, daß das Gewehr nicht auf ihn gerichtet war, und nahm kaltblütig eine Prise.

„Was für einen blutdürstigen Gesellen habt Ihr denn da bei Euch, schöne Mabel?" fragte Muir nicht ohne Spott.

„Wenn es nun der Pfadfinder wäre?" entgegnete das Mädchen.

„Ist der im Blockhause, dann möge er seine Stimme hören lassen, damit wir mit ihm verhandeln können. Er wird auf seine Freunde nicht feuern, am allerwenigsten auf mich."

Allein schon der Name dieses berühmten und gefürchteten Schützen hatte hingereicht, den französischen Offizier, sonst ein Mann von eisernen Nerven, bedenklich zu machen. Er sehnte sich nicht im entferntesten danach, dem schrecklichen ›Killdeer‹, der nie fehlenden Büchse Pfadfinders, als Ziel zu dienen. Auch er zog sich jetzt in das Dickicht zurück und bewog die Gefangenen, ihm zu folgen.

Juni, die im Bodenraum Ausguck hielt, berichtete bald darauf, daß die ganze Schar der Feinde sich in einiger Entfernung zum Mahle gelagert habe und daß auch Cap und Muir den Speisen wacker zusprächen.

Wieder vergingen einige Stunden, ohne daß die Ruhe der Insel gestört wurde. Die Sonne sank, von der rückkehrenden Expedition aber war weder etwas zu sehen, noch zu hören. Schon wollte Mabel nach dem letzten Rundblick vom Dache des Blockhauses schweren Herzens wieder hinabsteigen, als ihr zögernder Blick etwas gewahrte, das ihre Pulse schneller pochen ließ. In einem der vielverschlungenen Kanäle, die man von dieser Höhe übersehen konnte, lag ein Kanoe, worin eine menschliche Gestalt sich regte. Mabel schwenkte eine kleine Flagge, die sie zur Begrüßung des Vaters bereit hielt. War der Mensch im Kanoe ein Feind, so konnte das Signal keinen Schaden anrichten; war er dagegen ein Freund, so konnte es nützen. Die Flagge wurde bemerkt, der Mann im Kanoe schwenkte antwortend sein Paddelruder, und jetzt erkannte Mabel zu ihrer unsäglichen Freude in demselben den Häuptling der Mohikaner, die Große Schlange. Nun wußte sie, daß sie nicht mehr hilflos und verlassen war, und neuen Mutes voll stieg sie in das Innere hinab. Bald aber bemächtigte sich ihrer eine andere Sorge. Was würde Juni beginnen, wenn ein den Ihrigen feindlicher Indianer in das Blockhaus kam, oder wenn sie dasselbe in Begleitung eines solchen verließ? Mit der zunehmenden Dunkelheit wuchs auch ihre Unruhe. Jeden Augenblick konnte der Mohikaner an der Thür erscheinen. Es galt daher zunächst, die Tuskarorafrau in den oberen Stockwerken zurückzuhalten.

„Fürchtest du nicht, Juni," begann Mabel, „daß die Irokesen nun, wo sie glauben, daß Pfadfinder bei uns ist, das Haus in Brand zu stecken versuchen werden?"

„Nein, nicht fürchten. Blockhaus gut, nicht kriegen Skalp."

„Ich aber bin doch recht unruhig; thu mir den Gefallen, geh hinauf auf's Dach und schau dich um; du kannst die Absichten der Feinde besser beurteilen, als ich."

Die Indianerin stieg die Leiter empor; kaum hatte sie das oberste Geschoß erreicht, da vernahm die unten zurückgebliebene Mabel ein leises Pochen an der Thür. Mit bebenden Händen entfernte sie die eichenen Riegel. Doch wie, wenn sie einem listigen Feinde öffnete? Es blieb ihr keine Wahl; der letzte Riegel wich, die Thür wurde aufgedrückt und ein Mann schlüpfte herein, in demselben Augenblick, als Juni die Leiter herabkam. Leise und schnell legte der Mann die Riegel wieder vor, dann wendete er sich um, und bei dem schwachen Schein der Talgkerze sahen Mabel und ihre Gefährtin den Pfadfinder vor sich stehen.

„Gott sei Lob und Dank!“ rief die Tochter des Sergeanten tief aufatmend, wußte sie doch, daß das Blockhaus mit solch einem Verteidiger uneinnehmbar war. „O Pfadfinder, wo ist mein Vater?“

„Auf dem Wege hierher, munter und gesund und siegreich – wenigstens bis jetzt. Sehe ich dort im Winkel nicht das Weib des Tuskarora?“

„Ja, es ist Juni; ich verdanke ihr mein Leben, meine Rettung. Erzählt mir doch, wie ist die Expedition verlaufen?“

„Nach Wunsch, Mabel. Die Schlange hatte alles vorbereitet. Wir fingen drei Boote ab, verjagten die Franzosen und versenkten die Fahrzeuge mitsamt der Ladung, die aus Pulver und Blei bestand. Das ist ein Verlust für die Feinde. Hernach sendete der Sergeant mich und den Delawaren ab, Euch Bescheid zu bringen; er selber wird morgen früh hier sein, denke ich. Von Chingachgook trennte ich mich heute Vormittag; wir hatten verabredet, auf verschiedenen Wegen herzukommen, um zu erspähen, ob die Kanäle sicher waren. Seitdem habe ich den Häuptling nicht gesehen.“

Mabel berichtete nun, wie sie den Delawaren entdeckt und dann erwartet habe, derselbe werde ins Blockhaus kommen.

Pfadfinder schüttelte den Kopf. „Ein rechter Kundschafter wird sich niemals hinter Balken und Mauern begeben, so lange er sich draußen nützlich machen kann,“ versetzte er. „Auch ich wäre nicht hier, wenn der Sergeant mir nicht die Sorge für Euch so dringend ans Herz gelegt hätte. Und es war die höchste Zeit, daß ich kam. Ich sage Euch, Mabel, es war eine bittere Stunde für mich, als ich vorhin die Insel umschlich; mußte ich doch annehmen, daß die blutigen Teufel auch Euch umgebracht hatten!“

„Wie gelang es Euch nur, herzukommen, ohne in die Hände der Feinde zu fallen?“

„Die Vorsehung, die dem Spürhunde die scharfe Nase und dem Hirsch die schnellen Beine und das leise Gehör verlieh, hat auch mich mit nützlichen Gaben bedacht,“ versetzte der Jäger. „Nein, nein,“ fuhr er lächelnd fort, „diese Teufeleien und Kunststücke mit toten Menschen mögen vielleicht Soldaten täuschen, Männer aber, die ihr Leben in den Wäldern zubrachten, lassen sich dadurch nicht betrügen.“

„Meint Ihr, daß mein Vater und seine Leute irregeführt werden könnten?“

„Nicht wenn ich das hindern kann, Mabel; da übrigens, wie Ihr sagt, auch die Schlange hier auf der Wacht ist, so ist es noch wahrscheinlicher, daß der Sergeant rechtzeitig gewarnt wird.“

„Könnten wir nicht dem Vater in Eurem Kanoe entgegenfahren, Pfadfinder?“

„Dazu möchte ich nicht raten, denn ich weiß nicht, auf welchem der zwanzig Kanäle der Sergeant herankommt; die Schlange aber windet sich durch alle, verlaßt Euch darauf. Mein Rat ist, wir bleiben hier. Das Holz dieser Wände ist noch grün und kann nicht leicht in Brand gesetzt werden, und so getraue ich mich wohl, das Blockhaus gegen einen ganzen Indianerstamm zu halten. Auch sind wir von hier aus im stande, Euren Vater durch Schüsse beizeiten zu warnen, und sollte er die Mingos angreifen, was ihm wohl zuzutrauen ist, dann ist der Besitz dieses festen Platzes von größter Wichtigkeit. Übrigens möchte ich doch wissen, auf welche Weise die Franzosen diese Station entdeckt haben; ich furchte, daß das nur durch Verräterei möglich gewesen ist.“

„Jasper Western aber ist der Verräter nicht!“ rief das Mädchen mit Wärme.

„Nein, Kind, der ist's nicht; für Jaspers Ehrlichkeit stehe ich mit meinem Skalp ein und, wenn's sein muß, auch mit meiner Büchse."

Mabel dankte dem Jäger mit einem innigen Blick. „Was beginnen wir mit Juni?" fragte sie dann.

„Ich dachte bereits daran, sie irgendwo einzusperren," antwortete Pfadfinder.

„Damit würdet Ihr mir weh thun," entgegnete Mabel, „denn ich schulde ihr den größten Dank. Auch glaube ich, daß sie mir viel zu sehr zugethan ist, um mich in Gefahr zu bringen."

„Ihr kennt die Rasse nicht, Mabel. Sie gehört freilich nicht zum Stamme der Mingos, doch hat sie genug mit den Schelmen verkehrt und sicherlich manche Tücke von ihnen gelernt ... Horch! Was ist das?"

„Ich höre rudern – das muß ein Boot sein!" rief Mabel.

Pfadfinder eilte die Leiter hinauf und trat an eine Schießscharte, Mabel folgte ihm. Es war finster draußen, trotzdem gewahrten sie bald zwei Boote auf dem Kanal, die soeben, etwa fünfzig Schritte entfernt, am Ufer anlegten. Im nächsten Augenblick erschallten drei kräftige Hurras, den Insassen des Blockhauses keinen Zweifel über das Wer und Woher der Ankömmlinge lassend. Pfadfinder sprang hinab und riß die Riegel von der Thür; da krachte draußen eine Gewehrsalve und zugleich erscholl aus dem umliegenden Dickicht das indianische Kriegsgeheul.

Die Thür war offen und Pfadfinder und Mabel eilten hinaus. Alles war wieder still, nur von den Booten her glaubte der lauschende Jäger ein Stöhnen zu vernehmen; das Rauschen des Windes in den Bäumen aber konnte auch eine Täuschung zulassen. Mabel machte Miene, zum Ufer zu laufen, der Jäger aber hielt sie am Arm fest.

„Ihr rennt in den gewissen Tod," sagte er leise, „ohne dadurch jemand zu nützen. Wir müssen ins Blockhaus zurück."

Während er noch sprach, entdeckte sein schnelles Auge eine Anzahl dunkler Gestalten, die sich gebückt heranschlichen, augenscheinlich in der Absicht, sie von dem Blockhaus abzuschneiden. Ohne sich zu besinnen, nahm er Mabel wie ein kleines Kind unter den Arm und sprang mit ihr in langen Sätzen der Thür zu, die Verfolger unmittelbar hinter sich. Er erreichte den Eingang und schlug die schwere Thür gerade in dem Augenblick zu, als sich die Wilden mit aller Kraft dagegen warfen. Ein Riegel lag jedoch bereits davor und im Nu folgten die andern. Sie waren geborgen.

Mabel stieg die Leiter empor, während Pfadfinder den Raum untersuchte und feststellte, daß kein Feind sich eingeschlichen hatte. Juni war entflohen, das Blockhaus beherbergte jetzt nur das Mädchen und ihn selber. Er begab sich zu Mabel in das obere Geschoß, das den eigentlichen Wohnraum bildete, setzte sich nieder und untersuchte das Pulver in der Pfanne seiner langen Büchse.

„Unsere schlimmsten Befürchtungen sind eingetroffen," sagte Mabel tonlos. „Mein geliebter Vater und alle seine Leute sind entweder tot oder gefangen!"

„Das wird sich zeigen, wenn der Morgen kommt," versetzte der Jäger. „Verhielte es sich so, wie Ihr sagt, dann hätten die Mingos schon ihr Triumphgeheul angestimmt. Eins ist sicher: wenn der Feind die Oberhand hat, dann wird er uns bald zur Übergabe auffordern. Durch die Squaw kennen die Schelme unsere Lage, und da sie wissen, daß sie sich bei Tageslicht nicht in der Nähe des Blockhauses sehen lassen dürfen, solange Killdeer noch seinem alten Ruf entspricht, so ist anzunehmen, daß sie ihre Mordbrennereiversuche während der Dunkelheit anstellen werden."

„Ich höre jemand stöhnen, Pfadfinder!" unterbrach ihn Mabel.

Der Jäger sprang auf und trat an eine Schießscharte. Das Mädchen hatte sich nicht getäuscht.

„Wer ist da unten?" fragte er, ohne die Stimme zu erheben. „Ist ein Freund in Not, so sag er's und rechne auf unsere Hilfe."

„Pfadfinder!" antwortete eine Stimme, die Mabel wie der Jäger sogleich als die des Sergeanten erkannten; „Pfadfinder! Im Namen Gottes, sagt mir, was ist aus meiner Tochter geworden?"

„Ich bin hier, Vater – unverletzt und in Sicherheit!“ rief Mabel.

Ein Ausruf des Dankes kam von unten, dem jedoch sogleich ein dumpfer Wehelaut folgte.

„Mein Vater ist verwundet, Pfadfinder,“ sagte Mabel mit seltsamer, übernatürlicher Ruhe, „wir müssen ihn hereinholen.“

Beide stiegen hinab; mit größter Vorsicht entfernte der Jäger einen Riegel nach dem andern; als er die Thür ein wenig öffnete, spürte er von außen einen schweren Druck gegen dieselbe; schon wollte er sie wieder zuwerfen, da zeigte ihm ein schneller Blick noch rechtzeitig die Ursache; er that die Pforte auf und empfing den hereinsinkenden Körper des Sergeanten in seinen Armen. Gleich darauf war die Thür wieder verrammelt, und nun konnten sie ihre ganze Sorgfalt dem Verwundeten zuwenden.

Der Sergeant hatte einen Schuß durch die Brust erhalten; Pfadfinder, mit der Behandlung von dergleichen Wunden längst vertraut, sah auf den ersten Blick, daß sein alter Freund nur noch wenige Stunden zu leben hatte.

Kampf und Sieg

„Ich danke Gott dafür, mein liebes Kind," sagte der Verwundete leise und mühevoll, nachdem ihm ein Lager bereitet und sein brennender Durst gelöscht worden war, „daß du den mörderischen Kugeln der Feinde entronnen bist! Pfadfinder, sprecht doch, wie kommen die Irokesen hierher?"

„Das weiß ich selber noch nicht, Sergeant. Aber daß Verräterei dabei im Spiel ist, davon bin ich fest überzeugt."

„Major Duncan hat also recht gehabt," murmelte der Sergeant, seine Hand auf des Andern Arm legend.

„Nicht wie Ihr meint, Sergeant, nein, nicht wie Ihr meint – nimmermehr. Einen ehrlicheren Jungen als Jasper Western giebt es im ganzen Lande nicht."

„Für das Wort danke ich Euch aus innerstem Herzen, Pfadfinder!" rief Mabel, während Thränen ihren Augen entströmten. „So soll es sein – der Brave soll zu dem Braven stehen, der Ehrliche zu dem Ehrlichen!"

Der Vater richtete den Blick starr und fragend auf die Tochter, bis diese ihr Antlitz in der Schürze verbarg, dann flog ein kaum merkliches, aber zufriedenes Lächeln über seine hageren Züge. Nach einer kleinen Weile begann er in kurzen, abgebrochenen Sätzen zu erzählen, was sich zugetragen, seit der Jäger und der Delaware sich von ihm getrennt hatten. Der Wind war plötzlich günstig geworden, so daß die Boote schon an diesem Abend die Stationsinsel zu erreichen vermocht hatten. Da niemand die Anwesenheit der Feinde ahnen konnte, landeten sie ohne Waffen, in der Absicht, zuerst ihre Tornister und den eroberten Proviant aus den Booten zu schaffen. Da trafen sie die feindlichen Kugeln und zwar aus solcher Nähe, daß die Wirkung, trotz der nächtlichen Dunkelheit, eine vernichtende war. Sämtliche Leute fielen, einige rafften sich jedoch später wieder auf und verschwanden im Gebüsch. Er selber vernahm, am Boden liegend, die Stimme seiner Tochter; das gab ihm soviel Kraft, daß er bis zur Thür des Blockhauses kriechen und sich an derselben emporrichten konnte.

Der alte Soldat schwieg erschöpft. Pfadfinder nahm die Gelegenheit war, einen Gang von Schießscharte zu Schießscharte zu machen und sodann die Musketen zu untersuchen, von denen sich ein ganzes Dutzend im Blockhause befand. Es verging eine halbe Stunde, während welcher Mabel mit angstvoller Besorgnis jeden Atemzug ihres in halber Bewußtlosigkeit daliegenden Vaters beobachtete.

Da pochte es leise an die Thür. Das Mädchen erhob sich und fragte, wer draußen sei. Die Antwort kam aus dem Munde des alten Cap, der dringend um Einlaß bat, der ihm sogleich gewährt wurde.

Als der wackere Seemann den hoffnungslosen Zustand seines Schwagers erkannte, konnte er kaum die Thränen zurückhalten. Es war ihm gelungen, der Aufsicht seiner Wächter zu entrinnen; Muir war, anscheinend tief schlafend, zurückgeblieben, er aber war gekommen, um seine Nichte zur Flucht in einem der Kanoes zu bereden. Unter den obwaltenden Umständen gab er natürlich diesen Gedanken auf.

„Wenn es zum schlimmsten kommt, Meister Pfadfinder," sagte er, „dann streichen wir die Flagge, damit man uns das Leben läßt. Ehrenhalber müssen wir allerdings erst eine Weile fechten; denselben Vorschlag machte ich dem Quartiermeister, ehe die Wilden uns griffen, die Ihr so richtig Schelme und Schufte nennt –"

„Ihr habt sie also kennen gelernt!" unterbrach ihn Pfadfinder, der stets bereitwillig einstimmte, wenn es galt, seine Freunde zu loben, oder aber die Mingos zu schmähen. „Ganz andere Erfahrungen hättet Ihr gemacht, wenn Ihr den Delawaren in die Hände geraten wäret."

„Mir scheinen alle Rothäute von gleicher Verdammnis zu sein," versetzte Cap trocken, „Euern Freund, die Schlange, selbstverständlich ausgenommen, denn der ist ein Gentleman. Als die Mingos den armen Mac Nab und die andern Soldaten wie Kaninchen niedergeknallt hatten, da versteckten Muir und ich uns in einem der Felslöcher, die sich allenthalben auf diesem Eiland vorfinden, und da lagen wir so lange und mucksten nicht, bis endlich der Hunger uns wieder heraustrieb. Ich für meine Person habe nur vor dem Proviantmangel die Flagge gestrichen, und wer einmal achtundvierzig Stunden lang von nichts als Hunger gelebt hat, der wird zugeben müssen, daß mir nichts anderes übrig blieb. Jetzt aber will ich mich zu Bruder Dunham setzen und ihn trösten. Sind die Riegel vor, Magnet? Denn bei einer solchen Gelegenheit darf man nicht beunruhigt werden. Geh du hinauf ins Wohngemach und suche dich zu fassen, mein armes Mädchen; Pfadfinder kann derweil von der Bramraa Ausguck halten.“

Mabel entfernte sich schweigend, ebenso der Jäger, der zum Dach hinaufstieg. Cap ließ sich an der Seite des Verwundeten nieder, um demselben ab und zu ein mitleidiges und ermunterndes Wort zuzuraunen und ihm die nötigen Handreichungen zu thun. Der Sergeant aber war bereits so schwach, daß er seine Gedanken nur noch vorübergehend sammeln konnte.

„Bruder,“ murmelte er als Antwort auf die Frage Caps, wie er sich fühle, „Bruder, ich fürchte, Jasper Eau-Douce hat ein falsches Spiel mit uns getrieben!“

„Ganz derselben Ansicht bin auch ich, Bruder,“ versetzte der Seemann; „denn solch ein Süßwasserleben muß schließlich ja selbst den Charakter des besten Menschen verderben. Ich habe mit Lieutenant Muir das Ding lang und breit besprochen, während wir in dem Hungerloche lagen, und wir gelangten beide zu der Überzeugung, daß nur Jaspers Verräterei allein uns in solch eine Patsche bringen konnte. Was giebt's, Pfadfinder?“ fuhr er gegen den aus der Luke des oberen Geschosses herablugenden Jäger gewendet fort. „Ist etwas im Winde? Ihr schleicht ja wie ein Mingo im Kielwasser eines Skalps.“

Pfadfinder winkte Schweigen und bedeutete Cap, herauf zu kommen und seinen Platz am Bette durchaus an dessen Tochter abzutreten.

„Die Schelme schicken sich an, das Blockhaus niederzubrennen,“ sagte er leise. „Ich höre Pfeilspitzes Stimme; der Vagabund treibt das Gesindel an, die Nacht nicht ungenützt verstreichen zu lassen. Wir müssen uns bereit halten, Salzwasser. Zum Glück haben wir einige Fässer voll Wasser im Hause, können's also eine Weile aushalten. Auch rechne ich stark darauf, daß die Große Schlange für uns thun wird, was in ihren Kräften steht.“

Cap ließ nicht auf sich warten. Da kam von draußen ein Anruf. Es war die Stimme des Quartiermeisters.

„Meister Pfadfinder," rief der Schotte, „ein Freund will mit Euch unterhandeln! Zeigt Euch an einer Schießscharte, Ihr braucht nichts zu fürchten, solange Ihr mit einem Offizier des 55. Regiments zu thun habt."

„Was wollt Ihr, Quartiermeister?" entgegnete der Jäger. „Es muß ein wichtiges Geschäft sein, das Euch zu dieser nächtlichen Stunde hierher führt, recht unter die Mündung meines Killdeer!"

„Ihr werdet einem Freunde kein Leid thun, dessen bin ich sicher. Ich bringe Euch einen Rat, Meister Pfadfinder, einen guten Rat. Der Feind ist zu übermächtig für uns, mein braver Kamerad, deshalb möchte ich Euch empfehlen, das Blockhaus unter der Bedingung ehrenvoller Kriegsgefangenschaft zu übergeben."

„Danke für den Rat, Quartiermeister, der ja obendrein nichts kostet. Es verträgt sich jedoch nicht mit meinen Gaben, einen festen Platz zu übergeben, solange Proviant und Munition vorhanden sind."

„Ganz derselben Meinung wäre auch ich, wenn der Platz sich noch halten ließe. Aber seht, Meister Cap ist bereits gefallen –"

„Oho!" brüllte der alte Seebär durch ein Lugloch herab, „gefallen ist Meister Cap nicht, wohl aber gestiegen, und zwar bis zu dieser sicheren Höhe hinauf, und er denkt nicht dran, seinen Schopf wieder in die Hände solcher schuftiger Barbiere gelangen zu lassen, wenigstens nicht freiwillig!"

„Wenn das eines Lebenden Stimme ist, so freue ich mich darüber", versetzte Muir. „Der Sergeant Dunham aber hat, nebst allen seinen Leuten, das Leben lassen müssen –"

„Das ist abermals ein Irrtum, Quartiermeister," unterbrach ihn der Jäger. „Sergeant Dunham lebt und befindet sich bei uns, und so ist gewissermaßen die ganze Familie beisammen."

„Nun, auch das höre ich gern, denn wir hatten den Sergeanten bereits mit Bestimmtheit zu den Gefallenen gezählt. Wenn die schöne Mabel aber ebenfalls noch im Blockhause ist, so möge sie es um Gotteswillen so schnell als möglich verlassen, da der Feind unverweilt Feuer daran legen wird.“

„Ich kenne die Wirkung des Feuers, Quartiermeister, und niemand braucht mir zu sagen, daß es noch zu etwas anderem, als zum Essenkochen, verwendet werden kann. Aber ich zweifle auch nicht, daß Euch die Wirkung meines Killdeer bekannt ist. Der Mann, der Reisig an dieses Haus zu schleppen wagt, soll einen Geschmack von ihm kriegen. Ich bin ein friedfertiger Mensch, wenn man mich in Ruhe läßt, wer mir aber das Haus über dem Kopfe anzustecken versucht, der soll das Feuer mit seinem Blute löschen!“

„Ich weiß, wessen Ihr fähig seid, Pfadfinder. Ihr werdet doch aber Mabel, die schöne Mabel Dunham, nicht in Todesgefahr bringen wollen?“

„Kein Haar auf Mabels Haupt soll gekrümmt werden, solange Aug' und Arm mir noch sicher sind. Ihr mögt den Mingos trauen, Meister Muir, ich kenne sie besser und traue ihnen nicht. Doch genug des Geschwätzes, laßt uns nun handeln, jeder seinen Kräften und Gaben gemäß.“

Während dieser Verhandlung hatte Pfadfinder sich sorgfältig gedeckt gehalten, um keinem meuchlerischen Schusse ausgesetzt zu sein. Jetzt sandte er Cap auf das Dach, wo dieser bereits zehn brennende Pfeile vorfand; ein wildes Geheul erhob sich unten, Schüsse krachten und zahlreiche Kugeln prasselten in die Balkenwände. Der Kampf hatte begonnen.

Pfadfinder und Cap trafen ihre Vorkehrungen in kühlster Ruhe, auch Mabel kam unter dem Schutze dieser erprobten Männer kein Gedanke an Furcht; ihre ganze Sorge galt dem Vater, der durch das Schießen in große Aufregung geriet. Er wähnte sich selber mitten in der Schlacht und begann laut zu rufen und zu kommandieren.

Plötzlich donnerte ein Kanonenschuß durch die Nacht, gefolgt von dem Krachen brechender und splitternder Balken. Das Geschoß war in das obere Stockwerk eingeschlagen und hatte, explodierend, das Blockhaus bis ins Fundament erschüttert. Das Mädchen stieß einen Schrei aus.

„Fürchtet nichts, Mabel," rief Pfadfinder ihr zu. „Das war richtige Mingoarbeit – der Lärm größer als der Schaden. Die Vagabunden haben die Haubitze aufgestöbert, die wir den Franzosen abnahmen, und nun die einzige Granate verschossen, die vorhanden war. Der Spaß ist also vorläufig zu Ende."

Jetzt aber vernahm Pfadfinder draußen das Geräusch vieler Füße und das Rascheln von dürrem Strauchwerk. Er rief Cap vom Dache herab und wies ihn an, mit einem Wasserfasse bereit zu stehen, um es rechtzeitig durch die Fußbodenöffnung auszugießen, die sich gerade oberhalb des Feuers befinden würde. Es kam dem erfahrenen Kämpfer hierbei weniger darauf an, das Feuer zu löschen, das er nicht sonderlich fürchtete, als darauf, beim Scheine desselben den Feinden eine Lektion zu erteilen, die dieselben für den Rest der Nacht in respektvoller Entfernung halten sollte. Er ließ daher die Irokesen ruhig das Reisig auftürmen und anzünden. Das Licht der auflodernden Flamme zeigte ihm einige halb im Dickicht versteckte dunkle Gestalten.

„Fertig, Freund Cap?“ fragte er den Gefährten. „Gießt sorgfältig, damit kein Wasser unnütz verschwendet wird.“

„Fertig!“ versetzte Cap.

„Dann wartet; noch eilt es nicht.“

Langsam hob der Jäger seine Büchse, zielte und schoß. „Ein Gewürm weniger,“ murmelte er, absetzend und von neuem ladend. „Den Schelm kannte ich, er war ein unbarmherziger Teufel. Nun, er that nach seinen Gaben und empfing auch den Lohn, seinen Gaben gemäß. Jetzt noch einen, dann werden wir für die Nacht Ruhe haben. Der Morgen wird uns mehr Arbeit bringen.“

Ein zweiter Wilder fiel.

„Stürzt Euer Faß um, Meister Cap,“ rief der Jäger. „Vorläufig werden die Schufte kein Feuer mehr anzünden.“

„Kopf weg!“ schrie der alte Seemann durch das Loch hinunter und leerte dann das Faß mit solcher Ruhe und Umsicht, daß kein Tropfen verloren ging und die Glut vollständig ausgelöscht wurde.

Damit war der nächtliche Kampf zu Ende.

Als der Morgen graute, erstiegen die beiden Verteidiger wiederum das Dach. Eine niedrige Brüstung umgab dasselbe, als Schutz gegen feindliche Kugeln. Noch immer wehte der Wind frisch aus Süden und kräuselte das Wasser der Kanäle stellenweis zu Schaum. Cap lugte angestrengt in die Weite.

„Ein Segel!“ rief er plötzlich laut und fröhlich.

Pfadfinder schaute nach der angegebenen Richtung. Draußen, in dem Gewirr von Wasser und Wald nahte sich ein Fahrzeug, das bei dem sturmartigen Winde nur wenig Leinwand stehen hatte, trotzdem aber wie im Fluge an den Lücken in der grünen Baumwildnis vorüber schoß.

„Das ist die ›Wolke‹!“ rief Cap wieder. „Ich erkenne den Kutter an seinem Großsegel!“

„Wenn das wirklich Jasper ist, der da kommt,“ versetzte Pfadfinder, „dann sind wir geborgen. Gott gebe nur, daß der Junge nicht auch in einen Hinterhalt fällt, wie es dem Sergeanten ergangen ist.“

„Wenn wir nur wüßten,“ begann Cap bedächtig, „wie wir mit diesem Jasper daran sind. Wie, wenn er ein heimlicher Verbündeter der Franzosen ist? Der Sergeant neigt sehr stark dieser Ansicht zu, und es ist doch auch nicht zu leugnen, daß diese ganze Affaire häßlich nach Verrat schmeckt.“

„Das wird sich bald herausstellen, Meister Cap. Da kommt der Kutter; in fünf Minuten sind wir aller Zweifel ledig.“

Schäumend brauste das schmucke Fahrzeug jetzt auf dem Kanal heran, aber seltsam, nicht ein lebendes Wesen zeigte sich auf seinem Deck. Selbst das Ruder schien verlassen zu sein. Cap öffnete anfänglich verwundert die Augen, bald aber entdeckte er, daß das Ruder von einem verborgenen Orte aus vermittelst einer Leine regiert wurde. Der Kutter hatte eine verhältnismäßig hohe Reeling; seine Besatzung hielt sich ohne Zweifel dahinter versteckt, um nicht den Kugeln der Feinde ausgesetzt zu sein. Pfadfinder schüttelte den Kopf. Die erhofften Hilfstruppen konnten sich schwerlich an Bord befinden.

„Die Schlange hat Oswego nicht erreicht,“ sagte er, „auf Entsatz von seiten der Garnison haben wir also nicht zu rechnen. Hoffentlich hat Lundie den Jasper im Kommando gelassen; der Junge wäre ganz allein ein Bataillon wert. Es müßte schlimm zugehen, Meister Cap, wenn wir drei – Ihr als Seemann, um die Verbindung mit dem Kutter zu unterhalten, Jasper als wasser- und buschkundiger Ontariomann, und ich mit meinen Gaben – nicht mannhaft für Mabel zu kämpfen verstünden.“

„Das soll geschehen, Meister Pfadfinder," antwortete Cap mit großer Energie. „Vorsichtig ist der Jasper übrigens, er bleibt in sicherer Entfernung vom Ufer, um erst abzuwarten, wie die Sachen hier liegen."

„Jetzt hab' ich's!" rief der Jäger triumphierend. „Die Schlange ist an Bord, ich sehe sein Kanoe dort auf dem Deck! Der Häuptling hat Eau-Douce alles berichtet – wenn Eau-Douce auf dem Kutter ist, was Gott geben möge!"

„Ja, ja, das wäre ein Glück für uns," nickte Cap; „denn, mag er nun ein Verräter sein, oder nicht, er weiß im Sturm mit einem Fahrzeug umzugehen, das muß ihm der Neid lassen." Die ›Wolke‹ war inzwischen ganz nahe herangekommen. Der Wind hatte zugenommen, die Wipfel der Bäume neigten sich tief und das Brausen in den Zweigen glich dem Tosen einer nahen Brandung. Die Luft war mit abgerissenen Blättern angefüllt, die in dichten Scharen von Insel zu Insel wirbelten. Diese Laute des Sturmes abgerechnet, lag das Eiland in tiefster Ruhe. Jetzt befand sich der Kutter dem Blockhaus gerade gegenüber. Cap und Pfadfinder lehnten sich über die Brüstung, und zu ihrer großen Freude sprang in diesem Augenblick Jasper drüben aus seinem Versteck hervor und sendete ein kräftiges Hurra herüber, das Cap sogleich ebenso kräftig erwiderte. Pfadfinder aber rief dem jungen Schiffer mit Stentorstimme zu:

„Steht Ihr zu uns, Jasper, dann haben wir gewonnen! Pfeffert in das Dickicht dort hinein, und Ihr werdet die Vagabunden aufscheuchen, wie Rebhühner!" Der größte Teil dieser Worte wurde vom Winde verweht; die ›Wolke‹ jagte vorüber und war bald hinter Baum und Busch verschwunden, um, mit bewundernswertem Geschick gelenkt, das ganze Eiland kundschaftend zu umfahren. Jasper kannte hier jeden Zoll des Wassers wie des Landes, er wußte ganz genau, wie nahe er ans Ufer gehen durfte, und so riß er, kühn dicht am Gestade hinstreifend, die beiden Soldatenboote von ihren Ketten, schleppte sie mit sich und zugleich mit ihnen sämtliche Kanoes der Wilden, die an den Booten festgelegt waren. Als die Mingos von ihrem Hinterhalt aus sich ihrer Fahrzeuge beraubt sahen, erfüllten sie die Luft mit wütendem Geschrei und schossen, aus dem Gebüsch hervorbrechend, ihre Büchsen gegen den Kutter ab, ohne jedoch Schaden anzurichten. Während sie sich so bloßstellten, erkrachten auf seiten der Gegner zwei Schüsse. Der eine kam von dem Dache des Blockhauses und streckte einen der Mingos tot zu Boden. Der zweite Schuß fiel an Bord der ›Wolke‹ aus der Büchse des Delawaren und zerschmetterte einem andern Mingo das Bein. Die Leute des Kutters riefen Hurra und die Wilden verschwanden wieder, als versänken sie in der Erde. „Das war die Stimme der Schlange," sagte der Pfadfinder, als der zweite Schuß ertönte. „Ich kenne den Knall seiner Büchse so genau, wie den meines Killdeer. Es ist ein gutes Rohr, sichern Tod bringt's aber nicht." Die ›Wolke‹ hatte inzwischen wieder das Ende der Insel erreicht; hier ließ Jasper die Boote und Kanoes treiben; dieselben wurden vom Winde fortgeführt und gegen eine entfernte Landspitze geworfen. Darauf ließ er den Kutter über Stag gehen, segelte zurück und sandte aus seiner Haubitze einen Kartätschenhagel in das Dickicht, in welchem die Wilden versteckt lagen. Ein Volk Wildenten konnte nicht schneller zu Tage kommen, als die entsetzten Irokesen dies jetzt thaten. Wieder streckte Killdeer einen von ihnen nieder, wieder hinkte ein anderer, von Chingachgook getroffen, davon. Jetzt aber erschien Juni auf der Wahlstatt; sie trug eine weiße Flagge und Muir und der französische Offizier begleiteten sie. Pfadfinder und seine Freunde stellten die Feindseligkeiten ein.

Die drei stellten sich vor dem Blockhause auf, in der Schußlinie von Jaspers frisch geladener Haubitze und unter der Mündung des nie fehlenden Killdeer.

„Ihr habt gesiegt, Pfadfinder,“ begann Muir die Verhandlung, „deshalb ist Kapitän Sanglier persönlich gekommen, mit Euch zu parlamentieren. Ihr werdet einem tapferen Feinde einen ehrenvollen Rückzug nicht weigern. Ich bin ermächtigt, von seiten des Feindes das Verlassen der Insel, den Austausch der Gefangenen und die Rückgabe der Skalpe anzubieten.“

Diese Worte, laut gesprochen, wurden sowohl im Blockhause, wie auch auf dem Kutter vernommen.

„Was meint Ihr, Jasper?“ rief Pfadfinder diesem zu. „Sollen wir die Vagabunden laufen lassen, oder sollen wir sie noch zeichnen, wie die Leute in den Ansiedlungen ihre Schafe zeichnen?“

„Wie steht es mit Mabel Dunham?“ fragte der junge Mann zurück. „Ist auch nur ein Haar ihres Hauptes berührt, dann soll dies der ganze Irokesenstamm schwer entgelten!“

„Hier ist sie!“ antwortete Mabel, die beim Beginn der Unterhandlungen das Dach erstiegen hatte, in eigener Person. „Hier ist sie; und im Namen Gottes, zu dem wir alle beten, beschwöre ich euch alle, macht dem grausamen Kampfe ein Ende! Es ist genug Blut geflossen, und wenn diese Männer abziehen wollen, Pfadfinder, Jasper, o so haltet sie nicht auf! Mein armer Vater ist seinem Ende nahe, laßt ihn in Frieden aus der Welt scheiden! Geht, geht, ihr Franzosen und Indianer, wir sind nicht länger eure Feinde, wir werden euch nichts mehr zu leide thun!“

„Wie Mabel denkt, so denke auch ich,“ nahm Pfadfinder das Wort. „Es ist in der That genug Blut geflossen. Recht thun bringt Ehre, unrecht thun Unehre, und ich halte es für unrecht, ohne Not und Zweck einen Menschen zu töten, auch wenn es nur ein Mingo wäre. Laßt also hören, Lieutenant Muir, was Eure Freunde, die Franzosen und Irokesen, noch zu sagen haben.“

„Meine Freunde?“ fuhr Muir auf. „Nennt Ihr die Feinde des Königs meine Freunde, weil das Kriegsglück mich ihnen in die Hände lieferte? Da steht Meister Cap; fragt ihn, ob wir beide nicht alles thaten, was menschenmöglich war, um diesem Geschick zu entrinnen.“

„Das stimmt,“ sagte Cap trocken. „Wir rissen aus und verkrochen uns in einer Höhle, wo wir jetzt noch liegen könnten, wenn wir uns besser auf das Hungern verstanden hätten. Ihr ranntet zu Loche so geschwind wie ein Fuchs, Quartiermeister; wie Ihr den Schlupfwinkel so schnell finden konntet, ist mir jetzt noch ein Rätsel.“

„Seid Ihr nicht hastig genug hinter mir hergelaufen? Es giebt Augenblicke im Menschenleben, wo der Verstand sich zur Höhe des Instinktes erhebt –“

„Und Lieutenants in Löcher hinunter kriechen,“ ergänzte Cap mit einem Gelächter, in das Pfadfinder herzlich aber lautlos einstimmte.

Muir machte ein böses Gesicht, setzte dann aber die Verhandlungen fort. Im Verfolg derselben mußten alle auf der Insel befindlichen Wilden ohne Waffen und im Schußbereich der Haubitze zusammentreten; ihre Gewehre, Messer und Tomahawks verfielen den Siegern. Zwar versuchte der Kapitän Sanglier hiergegen Einwand zu erheben, Pfadfinder aber hatte bereits verschiedene durch indianische Verräterei verursachte Metzeleien erlebt und ging von dieser Bedingung nicht ab. Sodann wurden die Gefangenen ausgeliefert, zwei leicht verwundete und vier unverletzte Soldaten; die letzteren hatten sich bei jener meuchlerischen Salve nur aus Vorsicht zu Boden geworfen. Sie kamen alle mit ihren Waffen; Pfadfinder hieß sie das Blockhaus besetzen und stellte einen als Posten an die Thür.

Nachdem alles stipuliert und festgesetzt war, holte der Kutter die Kanoes wieder herbei. Die Irokesen wurden eingeschifft. Jasper nahm die Kanoes aufs neue ins Schlepptau und segelte mit ihnen eine Meile weit fort bis ins offenere Wasser, wo er sie loswarf. In jedem Kanoe befand sich ein Paddelruder, so daß die Wilden in der Lage waren, Kanada zu erreichen.

Die Sühne

Kapitän Sanglier, Pfeilspitze und Juni blieben noch auf der Insel zurück; der Erstere hatte noch einige Schriftstücke zu vollziehen und Lieutenant Muir einzuhändigen, der in seinen Augen hier allein eine Persönlichkeit von dienstlicher Autorität war; der Tuskarora mochte Gründe haben, sich von seinen bisherigen Freunden, den Irokesen, fern zu halten.

Cap und Pfadfinder bereiteten an einem schnell hergerichteten Feuerherde das Frühstück, zu dem alle Anwesenden sich einfanden, zuletzt auch der mit der ›Wolke‹ zurückgekehrte Jasper. Vorher hatte Pfadfinder nach seinem leidenden Freunde, dem Sergeanten, gesehen und Mabel eine Herzstärkung gereicht.

Der Franzose saß am Feuer und kochte sich mit größter Seelenruhe eine Suppe. Er war ein Mann von eiserner Körperkonstitution, unbeugsamem Mute und reichster Erfahrung auf dem Gebiete der indianischen Grenzkriege; seit dreißig Jahren im Lande, stand er in dem Rufe eines kaltherzigen und grausamen Kriegsmannes; den Namen Sanglier (Eber) hatte er sich selber zugelegt, die Indianer und Grenzbewohner nannten ihn „Kieselherz". Pfadfinder und dieser wilde Abenteurer hatten einander mit Achtung begrüßt; jeder kannte den andern dem Rufe nach, zugleich aber wußten sie auch, daß sie miteinander, gewisse kriegerische Tugenden ausgenommen, nichts gemein hatten.

„ Monsieur le Pfadfinder," begann der Kapitän, um die Unterhaltung zu eröffnen, „ un militaire ehrt hoch le courage et la loyauté. Ihr spreken Iroquois?"

„Ja," antwortete der Jäger, „ich verstehe die Sprache der Reptile, aber sie ist nicht nach meinem Geschmack, ebensowenig wie die Mingos selber. Denn jeder Mingo ist ein Schuft, Meister Kieselherz. Ich habe Euch übrigens oft in der Schlacht gesehen, und ich muß sagen, stets in der Vorderreihe. Die meisten unserer Kugeln müssen Euch schon von Ansehen bekannt sein."

„Nicht die Eure, Monsieur; une balle von Eurer ehrenwerten Hand sein sickerer Tod. Ihr habt getötet meine besten Soldaten.“

„Mag sein; was Ihr aber Eure besten Soldaten nennt, war doch nur Lumpenpack. Nichts für ungut, Meister Kieselherz, Ihr befindet Euch jedoch zumeist in recht schlechter Gesellschaft.“

„ Oui, Monsieur,“ lächelte der Franzose, der von Pfadfinders Reden nur wenig verstand und sich gern höflich erweisen wollte, „ oui, Monsieur, Eure Gesellschaft sein mir rekt angenehm. Mais, was das heißen? Was haben der jeune homme gethan?“

Er deutete dabei auf Jasper, über den soeben zwei Soldaten hergefallen waren, um ihm, auf Muirs Weisung, die Hände auf den Rücken zu binden.

„Was soll das?“ rief Pfadfinder herzuspringend und die Soldaten mit unwiderstehlicher Kraft zurückschleudernd. „Wer wagt es, sich an Jasper Eau-Douce zu vergreifen, und noch dazu vor meinen Augen?“

„Es geschah auf meinen Befehl, Pfadfinder,“ entgegnete der Quartiermeister. „Ihr werdet Euch hoffentlich nicht der Ordre widersetzen, die ein Offizier des Königs den Soldaten des Königs erteilt.“

„Ich würde mich einer Ordre aus des Königs eigenem Munde widersetzen, wenn Jasper dadurch ein Unrecht zugefügt werden soll,“ versetzte der Jäger. „Hat der Junge nicht soeben erst alle unsere Skalpe gerettet? Hat er uns nicht zum Siege verholfen? Wenn Ihr keinen besseren Gebrauch von Eurer Autorität macht, dann bin ich der Erste, der sie nicht respektiert.“

„Das sieht ein wenig nach Insubordination aus,“ antwortete Muir; „doch vom Pfadfinder muß man sich schon etwas gefallen lassen. Allerdings ist Jasper uns dem Anschein nach von einigem Nutzen gewesen, darüber dürfen wir jedoch nicht vergessen, was er auf dem Kerbholz hat. Major Duncan selber hat den Sergeanten vor ihm gewarnt. Und sind wir hier nicht verraten worden? Wer soll denn der Verräter sein, wenn nicht dieser junge Mensch?“

Kapitän Sanglier schaute mit hochgeschraubten Brauen bald Jasper und bald den Quartiermeister an.

„Jasper Eau-Douce ist mein Freund," versetzte Pfadfinder; „er ist ein braver, ehrlicher und treuer Junge, und kein Mann vom 55. Regiment soll Hand an ihn legen, so lange ich das verhindern kann. Über Eure Soldaten mögt Ihr Gewalt haben, über mich und Jasper aber habt Ihr keine Gewalt, Meister Muir!"

„ Bon!" rief Sanglier in tief dröhnendem Nasenton.

„Aber nehmt doch Vernunft an, Pfadfinder," sagte der Quartiermeister. „Habt Ihr denn alle Verdachtsmomente und Indicien vergessen? Hier, seht das Stück Flaggentuch; Mabel Dunham fand es an einem Baume flatternd, gerade eine Stunde vor dem Angriff. Dann seht Euch die Flagge der ›Wolke‹ an, ob nicht genau solch ein Stück aus derselben herausgeschnitten ist. Das ist doch ein Indicienbeweis, sollt' ich meinen!"

„ Ma foi, c'est un peu fort, ceci," knurrte der Kapitän finster.

„Redet mir nicht von Indicienbeweisen, wo ich das Herz kenne," fuhr der Pfadfinder fort. „Jasper hat die Gabe der Ehrlichkeit, damit läßt sich nicht umspringen, wie mit einem Mingogewissen. Also Hände weg! Oder es wird sich zeigen, wer sich am besten schlägt, Ihr mit Euren Soldaten, oder Killdeer, die Schlange und Jasper mit seinen Matrosen."

„ Très bon!" nickte der Kapitän.

„Nun, wenn Ihr's denn nicht anders wollt, Pfadfinder, so muß ich rund heraus reden. Kapitän Sanglier und Pfeilspitze, der brave Tuskarora, beide haben mir mitgeteilt, daß Jasper der Verräter ist. Nach solchem Zeugnis werdet Ihr einsehen, daß ich ihn festnehmen muß."

„ Scélérat!" brummte der Franzose.

„Kapitän Sanglier ist ein tapferer Soldat, er wird einen ehrlichen Seemann nicht verleumden," rief Jasper. „Ist hier ein Verräter, Kapitän Kieselherz?"

„Ja,“ fügte Muir hinzu, „der Kapitän möge reden, damit die Wahrheit an den Tag komme. Ich will nur hoffen, daß Ihr der äußersten Strafe, dem Galgen, entgeht. Wie ist's, Kapitän, seht Ihr einen Verräter hier unter uns?“

„ Oui! Ja! Gewiß! Bien sûr!“

„Zu viel Lügen!“ rief Pfeilspitze plötzlich mit Donnerstimme, den Quartiermeister heftig vor die Brust schlagend. „Wo meine Krieger? Wo Yengeesenskalp? Zu viel Lügen!“ Muir taumelte überrascht einen Schritt zurück, dann griff er, bleich vor Wut, nach einer Büchse. Aber Pfeilspitze kam ihm zuvor; er riß ein Messer aus dem Gürtel und stieß es bis ans Heft in des Quartiermeisters Brust. Lautlos sank dieser zusammen; der Stoß hatte sein Herz getroffen. „ Voilà l'affaire finie,“ sagte der Kapitän kalt, als der Lieutenant ihm vor die Füße rollte. Dann nahm er achselzuckend eine Prise. „ Ce n'est qu'un scélérat de moins,“ schloß er, „ein Schurke weniger auf der Welt.“ Pfeilspitze hatte einen wilden Schrei ausgestoßen und war ins Dickicht gesprungen. Keiner der erschrockenen Weißen dachte an seine Verfolgung, allein noch ehe die Büsche sich hinter dem Flüchtling geschlossen hatten, war ihm der Delaware bereits auf den Fersen.

Dem jungen Schiffer war das Benehmen des Franzosen aufgefallen.

„Sprecht, Monsieur,“ sagte er jetzt zu demselben, „bin ich der Verräter?“

„Nein,“ antwortete der kaltblütige Kriegsmann, „ le voilà – der da ist unser espion – unser agent – unser Freund. Ma foi – c'était un grand scélérat – voici – dieser Quartiermeister!“

Damit beugte er sich über den Toten, zog eine Börse aus der Tasche desselben und schüttete deren Inhalt auf die Erde; eine Anzahl Goldstücke rollte den Soldaten zu, die begierig zugriffen.

Sanglier setzte sich wieder zum Feuer und machte sich über seine Suppe her, als sei nichts vorgefallen. Während die Soldaten den Leichnam auf die Seite schafften und mit einem Mantel bedeckten, fand auch Chingachgook sich wieder ein; der Häuptling sagte kein Wort, aber sowohl der Kapitän wie auch der Pfadfinder bemerkten an seinem Gürtel einen frischen Skalp.

Der Erstere erzählte nun die Geschichte des Verrats. Unmittelbar nach dem Eintreffen des 55. Regiments hatte Muir den Franzosen seine Dienste angeboten. Man nahm dieselben gegen gute Bezahlung an, und Sanglier hatte mehrere Zusammenkünfte mit ihm, teils in der Nähe von Oswego, teils verkleidet im Fort selbst. Pfeilspitze war der Zwischengänger und Bote; der anonyme Brief an Lundie war von Muir verfaßt, nach Frontenac geschickt, daselbst abgeschrieben und dann durch den Tuskarora an den Major gesandt. Jasper aber sollte geopfert werden, um Muir zu decken, der natürlich auch die Stationsinsel dem Feinde verraten hatte.

„Touchez-la“ schloß der Abenteurer, seine sehnige Hand dem Jäger hinstreckend, „Ihr sein ein ehrlik Mann und das sein beaucoup. Wir nehmen die Spion', wie wir nehmen die Medizin: wir helfen uns damit. Mais, je les déteste! Ik verabscheuen die Schuft. Touchez-la!“

„Meine Hand sollt Ihr haben, Meister Kieselherz,“ antwortete Pfadfinder, „weil Ihr mein natürlicher und gesetzlicher Feind seid, und obendrein ein tapferer Mann. Das Paktieren mit Verrätern mag bei Soldaten üblich sein, mir gefällt es nicht und ich möchte die Sache nicht auf dem Gewissen haben. Welch' ein Sünder war der Mann! Falsch nach rechts und links, gegen Freunde und Vaterland und gegen seinen Gott ... Jasper, auf ein Wort.“

Er zog den jungen Mann auf die Seite.

„Ihr kennt mich, Eau-Douce, und ich kenne Euch,“ sagte er. „Ich habe nichts Böses von Euch geglaubt, obgleich das Ding recht schlimm aussah. Nicht eine Minute hatte ich Verdacht gegen Euch, allerdings auch nicht gegen den Quartiermeister.“

Jetzt erschien Cap auf dem Schauplatze. Er hatte bis jetzt bei seinem sterbenden Schwager und seiner Nichte gesessen, daher waren die soeben geschilderten Vorgänge ihm unbekannt geblieben.

„Wo ist der Quartiermeister, Freund Pfadfinder?“ fragte er. „Es ziemte sich wohl, daß er dem armen Sergeanten noch ein freundliches Wort zum Abschied sagte. Was sind wir Menschen doch für elende Geschöpfe! Wir haben wahrlich keinen Grund, uns mit unserer Kraft und Jugend und Schönheit zu brüsten.“

„Ein wahres Wort, Meister Cap,“ versetzte der Jäger, „ein wahres Wort! Was aber den Quartiermeister anlangt, so kann der keine Silbe mehr zu dem Sergeanten reden, aus dem einfachen Grunde, weil er demselben bereits vorausgegangen ist.“

„Ihr sprecht nicht ganz so verständlich, wie sonst, Pfadfinder. Ernste Gedanken muß man ja bei solchen Gelegenheiten haben, aber deswegen braucht man doch nicht gleich in Parabeln zu reden. Wo steckt der Lieutenant? Doch nicht etwa wieder in dem Loch? Jetzt, wo der Kampf vorüber ist, braucht er doch nicht mehr davon zu laufen; vorher war's etwas anderes.“

„Dort, unter dem Mantel, liegt alles, was von ihm noch übrig ist,“ erwiderte der Jäger und berichtete nun kurz, was sich zugetragen hatte. „Er starb mit einer Lüge auf den Lippen,“ so schloß er, „und seine Seele fuhr in all ihrer Bosheit dahin.“

Cap stand und lauschte mit offenem Munde; er vermochte sich kaum von seinem Erstaunen zu erholen.

„Gott steh uns bei!“ rief er endlich. „Der Muir ein Verräter, der sein Vaterland verkaufen wollte, und noch dazu an die elenden Franzosen!“

„Nicht nur sein Vaterland, auch sich selber mit Leib und Seele, dazu Mabel und alle unsere Skalpe,“ nickte Pfadfinder, „und der Käufer war ihm gleich. Diesmal haben die Franzosen bezahlt.“

„Sieht ihnen ähnlich! Wo sie nicht schlagen können, da kaufen sie; geht beides nicht, dann laufen sie.“

Kapitän Sanglier lüftete in ironischem Ernst seine Mütze, Caps Kompliment gleichsam mit höflicher Verachtung anerkennend. Dabei ließ er sich im Essen nicht stören.

„Ich kam, um mit dem Quartiermeister wegen Übernahme des Kommandos zu sprechen," nahm Cap, dem des Franzosen Gebärde entgangen war, wieder das Wort. „Der Sergeant steht dicht vor dem Abmarsch, der andere aber ist nun schon abmarschiert."

„Das ist er, wenn er auch jedenfalls einen Weg eingeschlagen hat, auf dem der Sergeant ihm nicht begegnen wird," sagte Pfadfinder. „Das Kommando über die Soldaten wird wohl der übriggebliebene Korporal übernehmen müssen. Viel zu thun bleibt uns nicht. Wir müssen die Toten begraben und dann Blockhaus und Hütten niederbrennen, damit der Feind keinen Vorteil davon hat. Die Insel ist fortan für uns nutzlos, da die Franzosen sie aufgefunden haben. Das letztere Stück Arbeit werden die Schlange und ich übernehmen. Doch nun laßt uns nach dem Sergeanten sehen."

Sie fanden den Sterbenden bei voller Besinnung, was den gesprächigen Seemann veranlaßte, demselben lang und breit über Muirs und Pfeilspitzes Tod zu berichten.

Die letztere Kunde veranlaßte Juni, die am Fußende des Lagers gekauert hatte, schnell aufzustehen und das Blockhaus zu verlassen. Der Sergeant, seines nahen Endes sich bewußt, achtete nur wenig auf Caps Erzählung, sondern fragte mit schwacher Stimme nach Jasper Eau-Douce. Man rief den jungen Mann herbei. Der Sterbende schaute ihn freundlich an, zugleich drückte sein Blick das Bedauern darüber aus, Jasper in seinen Gedanken unrecht gethan zu haben. Mabel kniete an des Vaters rechter Seite. Pfadfinder und Cap standen neben ihr. Dunham wurde zusehends schwächer.

„Bete, liebster Vater!" flüsterte Mabel dem Sterbenden unter Thränen zu. „Bete, daß Gott Dir gnädig sein möge!"

„Ich verstehe mich nicht darauf," entgegnete der alte Soldat mühsam. „Bruder – Pfadfinder – Jasper – könnt Ihr's nicht für mich thun?"

Cap kannte ein Gebet kaum dem Namen nach; Pfadfinder betete oft, aber nur innerlich, und so fand er auch in diesem Augenblick keine Worte. Jasper zögerte noch, da erhob plötzlich Mabel ihre Stimme in heißem, innigem Flehen. Der Sergeant lauschte mit Anstrengung, der Tochter Worte fielen wie Balsam auf seine Seele; Cap war erstaunt und ergriffen; Pfadfinder stand auf seine lange Büchse gelehnt, deren Lauf er so fest umklammerte, als müsse das Eisen nachgeben, und ab und zu richtete er den Blick nach oben, wie in Erwartung, dort ein Zeichen von der Gegenwart des Allmächtigen zu gewahren, an den des Mädchens hinreißende Beredsamkeit gerichtet war. Jasper war mit gefalteten Händen auf der andern Seite des Sterbelagers niedergekniet.

Als Mabels Gebet beendet war, legte ihr der Sergeant seine Hand auf das auf sein Bett niedergebeugte Haupt.

„Ich danke dir, meine geliebte Tochter," flüsterte er, „ich danke dir. Gottes Segen über dich! – – Mabel" – seine Stimme wurde fast unhörbar – „Mabel, ich muß dich verlassen – ich sehe dich nicht mehr – wo ist deine Hand?"

„Hier, bester Vater – hier sind beide!"

„Jasper," fuhr der Sterbende fort, nach der andern Seite tastend und des jungen Schiffers Hand fassend, „hier – nimm sie – sei ihr Schutz, ihr Stab – Gott segne euch beide – beide – meine Kinder – "

Ein tiefer Seufzer, das Leben des alten Soldaten war entflohen. Jaspers und Mabels Hände aber lagen vereint unter den seinen...

Die Toten wurden noch an jenem Nachmittag beerdigt. Sergeant Dunham erhielt sein Grab im Schatten einer großen Eiche. Die Nacht verging ruhig, ebenso der folgende Tag. Am Morgen des dritten Tages verließ Kapitän Sanglier die Insel; er verabschiedete sich von Pfadfinder, wie jemand, der sich zum letztenmal in der Gesellschaft eines außerordentlichen, bedeutenden Mannes befunden hat.

An demselben Tage ging auch die ›Wolke‹ nach Oswego unter Segel. Cap hatte schon seit vierundzwanzig Stunden seinen Wohnsitz an Bord genommen, und so befanden sich zuletzt nur noch Pfadfinder, Jasper, Mabel und Juni auf der Insel. Chingachgook war bereits wieder auf Kundschaft gezogen. Der Abschied Mabels von dem Jäger war kurz aber liebevoll. Sie sowohl, wie auch Jasper, hatten gehofft, daß der Freund sie begleiten würde. Der aber zog es vor, noch auf der Insel zu bleiben.

„Ich werde Euch nie vergessen,“ sagte er zu der weinenden Mabel. „Gott gebe Euch und Eurem zukünftigen Gatten alles Glück. Lebet wohl.“

Er geleitete das junge Mädchen zum Kanoe, schüttelte Jasper herzlich die Hand und stand dann, auf die Büchse gelehnt, am Ufer, bis der Kutter hinter einer Windung des Kanals verschwunden war. Dann wendete er sich und suchte langsamen Ganges die Tuskarorafrau auf.

Das arme Wesen, das sich schmerzvoll von Mabel Dunham verabschiedet hatte, kauerte am Grabe Pfeilspitzes. Sie war so versunken in ihrer Verzweiflung, daß sie den Herankommenden gar nicht bemerkte. Der Jäger beobachtete sie eine Weile, dann begann er:

„Tau des Juni, du bist in deinem Schmerze nicht allein. Wende dich, deine Augen werden einen Freund schauen.“

„Juni hat keinen Freund mehr,“ antwortete die Indianerin. „Pfeilspitze ist nach den glücklichen Jagdgründen gezogen, nun fragt niemand mehr nach Juni. Die Tuskaroras scheuchen sie von ihren Wigwams, die Irokesen aber sind ihr verhaßt. Nein, laß Juni auf dem Grabe ihres Gatten sterben!“

„Das darf nicht geschehen. Das wäre gegen Vernunft und Recht. Glaubst du an Manitu, Juni?“

„Manitu ist zornig; er hat sein Gesicht vor Juni verborgen.“

„Du irrst, Juni, Manitu meint es gut mit dir. Er hat den Häuptling weggenommen, damit er dich durch seine falsche Zunge nicht verleite und dir Mingogedanken beibringe.“

„Pfeilspitze war ein großer Häuptling!“ entgegnete die Frau stolz.

„Er hatte seine guten Seiten, ja ja, aber er hatte auch schlimme Seiten. Du aber sollst nicht verlassen sein, gute Juni. Weine dich satt; hernach reden wir noch mehr miteinander.“

Pfadfinder ging zu seinem Kanoe und verließ die Insel. Im Laufe des Tages vernahm Juni mehrmals den Knall seiner Büchse, und als die Sonne sank, da kam er wieder und brachte ihr gebratene Vögel und Wildpret. Das währte einen ganzen Monat; Juni weigerte sich hartnäckig, das Grab des Gatten zu verlassen, die Nahrung aber nahm sie dankbar an. Sie schlief in einer der Hütten; Pfadfinder hatte sich ein Obdach auf der nächsten Insel errichtet.

Dann aber kam der Herbst; das Wetter wurde rauh und die Bäume verloren das Laub. Chingachgook kam eines Tages zurück und hatte mit Pfadfinder eine lange Unterredung. Am nächsten Morgen machte der Jäger sein Kanoe bereit, und da Juni seinem verständigen Zureden schließlich Gehör gegeben hatte, so begaben die Drei sich in zwei Kanoes auf die Fahrt nach dem Fort. Drei Tage währte die Reise, dann winkte ihnen vom Strande Jaspers Gruß entgegen.

Mabels Freude beim Wiedersehen war groß. Der Geistliche der Garnison hatte das junge Paar eine Woche nach der Rückkehr desselben von der Stationsinsel getraut; jetzt wohnten Mr. und Mrs. Western in einem schnell errichteten Blockhause unweit des Gestades. Der Onkel Cap war bereits abgereist, um sich wieder auf sein geliebtes Salzwasser zu begeben.

Pfadfinder verweilte einige Tage bei den durch seine Anwesenheit hochbeglückten Freunden, dann aber trat er eines Morgens in voller Ausrüstung vor sie hin. Es hielt ihn nicht länger in dieser Unthätigkeit, um so weniger, als die Feinde sich wieder regten und man seiner Kundschafterdienste bedurfte. Chingachgook harrte seiner bereits draußen am Waldesrand.

„Wann sehen wir Euch wieder, Pfadfinder?“ fragte Mabel traurig.

„Das steht bei Gott,“ antwortete der Jäger. „Führt der mich wieder einmal diese Straße und finde ich Euch dann noch hier, dann soll der Tag mir hochwillkommen sein; wenn nicht – doch lebt wohl! Lebt wohl!“

Das waren die letzten Worte, die Jasper und sein Weib aus des Pfadfinders Munde vernahmen. Schnellen Schrittes ging er dem Walde zu, in dem er an der Seite seines treuen Genossen und Busenfreundes verschwand.

Das junge Ehepaar blieb nur noch ein Jahr am Gestade des Ontario, dann folgte Jasper dem Drängen des alten Cap und siedelte nach New York über, wo er sich im Laufe der Jahre zu einer angesehenen Stellung im Handelsstande emporschwang. Dreimal erhielt Mabel aus dem fernen Innern kostbare Geschenke an Pelzwerk zugesandt; der Geber blieb ungenannt, ihr Herz aber sagte ihr, daß es Pfadfinder sei, der ihrer so freundlich gedachte.

Juni, die arme Indianerin, hatte bei der jungen Frau herzliche Aufnahme gefunden; der Gram aber nagte an ihrem Leben, sie starb noch am Ufer des Ontario und Jasper begrub sie auf der Insel neben ihrem Gatten, dem Tuskarorahäuptling. Mabel betrauerte sie aufrichtig, denn sie hatte nicht vergessen, daß sie der aufopfernden Zuneigung des treuen Geschöpfes allein ihr Leben und damit ihr Glück verdankte.